To. 블루마블을
읽어주신 독자님들께

이종산

Lucky
For You!

블루마블

블루마블

이종산

위즈덤하우스

1

주사위는 던져졌다. 더블 5. 말도 안
돼! 푸른은 좌절한 나머지 그대로 테이블에
고개를 처박고 울고 싶은 심정이었지만,
꾹 참고 "으" 하는 짧은 신음 소리만 냈다.
'회사에서 울면 안 되지. 난 스물아홉 살
어른인 데다 어엿한 사회인이니까.' 그렇게
마음을 다잡아보았지만 역시 눈물이 날 것
같았다.

"이제 구슬 님 차례예요!"

루미가 흥겨운 목소리로 말하며 구슬에게 주사위를 건넸다.

"루미 님은 될 일 없다 이거죠?"

구슬이 루미가 얄밉다는 듯 눈을 흘기며 주사위를 받았다. 루미는 첫 번째로 주사위를 굴렸는데 5가 나왔다. 넷 중에 둘을 뽑는 내기였다. 루미가 5, 비광이 8, 푸른이 10이 나왔으니 이번에 구슬이 던지는 주사위에서 8보다 높은 숫자가 나오면 푸른과 구슬이 당첨이었다. 비광은 내심 초조할 텐데도 아무 말 없이 구슬이 손에 쥔 주사위만 바라보고 있었다.

"던질게요."

지구의 운명이 걸리기라도 한 것처럼 심각한 얼굴로 주사위를 던진 다른 세 사람과 달리 구슬은 여유로운 태도로 테이블 위에 주사위 두 개를 굴렸다. 결과는 11. 당첨이었다. 추가 수당 없는 추가 업무 당첨.

"아싸!"

루미가 기쁨을 숨기지 않고 박수를 쳤다.
비광은 조용히 미소만 지었지만 얼굴에서
환한 승리의 빛이 뿜어져 나오는 것까지 감출
수는 없었다.

"그러게. 주사위 던질 것도 없다니까.
처음부터 둘이 당첨될 운명이었어. 블루와
마블. 딱이잖아."

수완 편집장이 웃는 얼굴로 말했다.
이곳은 매거진 《캐치(CATCH)》의 회의실이다.
오늘 아침에 대표가 갑자기 회의를
소집하더니 10주년 특집호를 발매하는
기념으로 보드게임을 만들라는 지시를
내렸다. 10주년 특집호는 12월 마지막 주에
나온다. 벌써 10월 초인데 12월 중순까지
보드게임을 만들라니. 말도 안 되는 지시에
모두 입을 벌리고 고개를 저었지만, 대표의
뜻을 꺾을 수는 없었다. 결국 오후에

팀원들끼리 회의를 해서 보드게임 제작을
맡을 담당자 두 명을 정하기로 했다.

"그렇네요! 푸른 님 이름이랑 구슬 님
이름을 영어로 하면 블루와 마블이니까
부루마블이랑 마찬가지네요. 진짜 신기한
우연이다."

루미가 재밌다는 듯 맞장구를 쳤다.
푸른은 루미의 말을 흘려들으며 구슬을 봤다.

'구슬 님도 나랑 부루마블을 만들게 될
줄은 몰랐겠지? 귀찮은 일을 떠맡아서 기분이
안 좋으려나?'

그때 푸른과 눈이 마주친 구슬이 활짝
웃었다. 그 미소를 보자 가슴이 설렜다.
푸른은 부푸는 기대를 애서 억눌렀다.

'김칫국 마시지 말자. 저건 업무용 미소야.
동료를 향한 사심 없는 미소. 예의상 짓는
미소라고. 나랑 일하게 돼서 짜증 난다는 티를
낼 수는 없으니까 억지로 웃는 걸 거야.'

하지만 억지로 웃는다기에는 너무나 밝은 미소였다. 푸른은 무표정한 얼굴로 그 미소를 외면했다. 사실은 기뻤다. 따로 보상도 없고 기한도 촉박한 일을 떠맡게 된 건 귀찮았지만, 그 일을 구슬과 함께 한다고 생각하니 오히려 기대됐다. 그러나 그런 마음을 들키고 싶지는 않았다. 구슬에게도, 다른 사람들에게도.

푸른은 짝사랑 전문가였다. 혼자 사랑에 빠졌다가 혼자 정리하는 일에 익숙했다. 이번에도 좋아하는 마음이 사그라들 때까지 기다릴 생각이었다. 어설프게 다가갔다가는 망신만 당할 것이다. 게다가 회사 동료인데. 푸른은 구슬과 어떻게 해볼 생각이 전혀 없었다. 얼마나 깊게 빠지든 모든 사랑은 지나간다. 지나고 나면 아무것도 아니다. 푸른은 그렇게 생각했다. 오랫동안 그렇게 생각해왔다.

2

눈 깜짝할 새에 일주일이 흘러갔다.
푸른과 구슬은 그 뒤로 며칠 동안 낮에는
각자의 일을 하고, 저녁이면 둘이서
보드게임에 관한 아이디어 회의를 했다.
그러나 아직 정해진 것은 없었다.

"내일 다시 이야기할까요?"

구슬이 먼저 말을 꺼냈다. 얼굴이 무척
피로해 보였다.

"그럴까요?"

푸른은 수첩을 덮으며 고개를 끄덕였다.
구슬은 노트북을 닫아 가방에 넣었다. '역시
나랑은 스타일이 다르구나.' 푸른은 단정한
분위기가 나는 구슬의 흰색 가죽 백팩을
보며 생각했다. 푸른의 가방은 한쪽 어깨에
메는 데님 소재로, 고양이 자수가 큼지막하게
들어간 것으로도 모자라 인형 키 링이 몇

개나 주렁주렁 달려 있었다. 두 사람은 어느 모로 보나 스타일이 다르다. 푸른은 타고난 곱슬머리를 짧게 치고 다닌다. 창백하고 마른 편이라 무채색을 입으면 생기가 없어 보이는 것 같아 옷은 주로 색이 선명한 것을 입는다. 오늘도 헐렁한 파란색 점퍼에 분홍색 바지를 입고 주홍색 컨버스를 신었다. 구슬은 푸른과 정반대로 항상 검은 옷 아니면 하얀 옷을 입는다. 그게 아니면 베이지 톤이나 회색 옷을 즐겨 입는 것 같다. 검은 머리카락은 허리까지 곧게 내려와 있다.

"피곤하시죠?"

"아니에요. 저보다 구슬 님이 더 피곤하시겠어요. 어제도 야근하셨잖아요. 그저께도 야근하시고."

"어제는 일찍 갔어요. 8시쯤?"

"8시도 야근은 야근이죠."

두 사람은 그런 대화를 나누며 회사가

있는 건물에서 나왔다.《캐치》사무실은
3층에 있었다.

"어느 쪽으로 가세요?"

건물 앞에서 푸른이 구슬에게 물었다.
'그러고 보니 같이 퇴근하는 건 처음이네.'
그런 생각이 들자 또 두근거렸다. '이게
뭐라고 설레. 작작 해. 이 정도면 병이다, 병.'
푸른은 머릿속에 떠도는 구름 같은 생각들을
억지로 흘려버리려고 애쓰면서 구슬의 대답을
기다렸다.

"전 자전거 타고 가요."

구슬이 턱짓하는 곳을 보니 따릉이
보관대가 있었다. 푸른은 새삼 '여기 이게
있었지' 하고 생각했다. 매일 지나치기는
하지만 타본 적은 한 번도 없었다.

"자전거를 타시는군요. 전 걸어서 가요."

푸른은 길 위에서 자신이 가는 방향을
가리켰다.

"그러시구나. 그럼 조심히 가세요. 내일 뵈어요."

"네, 내일 봬요."

구슬은 익숙한 동작으로 보관대에서 자전거를 빼내어 타더니 금세 멀어졌다. 푸른은 자전거를 타고 가는 구슬의 뒷모습을 사라질 때까지 바라봤다. 사실은 집이 어디인데 걸어가느냐고 물어봐주길 바랐다. 합정역 근처에 있는 회사에서 당산역과 영등포 사이에 있는 집까지 걸어가면 한 시간이 조금 넘게 걸린다. 푸른은 사람으로 꽉 찬 버스나 지하철을 타는 것보다 시간이 좀 걸리더라도 걸어서 가는 것이 좋았다.

푸른은 다른 날처럼 양화대교를 건너서 집으로 향했다. 10월 초라 강바람이 꽤 찼지만 다리 아래로 펼쳐진 넓은 한강을 바라보니 회사 일로 찌들었던 몸과 마음이 정화되는 듯 상쾌해졌다.

집에 도착하니 벌써 9시 50분이었다.

푸른은 4층짜리 낮은 다세대주택의 2층에

있는 자신의 집으로 들어갔다. 엄마가 다달이

월세가 나가면 평생 돈을 못 모은다고 큰맘

먹고 빌려준 돈 덕분에 전세로 살고 있는

집이다. 종종 바퀴벌레와 돈벌레가 출몰하고,

욕실 창문에 바람이 새서 한겨울에는 덜덜

떨며 샤워를 해야 하는 것이 불편하긴 하지만,

그것 말고는 괜찮았다. 방 두 칸짜리 집에서,

그것도 서울에서 수도세와 전기세만 내고

혼자 살 수 있다는 것이 얼마나 운이 좋은

일인지 생각하면 불평을 하려다가도 도로

삼키게 된다.

　푸른은 샤워를 하고 나와 옷방으로

쓰는 작은방으로 가서 노란색 옷장을 열어

테디베어 파자마를 꺼내 입었다. 그리고

침실로 가 장스탠드를 켠 뒤 침대로 들어가

수첩을 펼쳤다. 내일 출근하면 또 여러 일로

바빠 보드게임에 대해 생각할 시간이 없을
텐데, 아무 준비 없이 회의에 들어가고 싶지
않았다. 일정이 촉박하기도 했지만 그보다는
구슬에게 무능한 사람으로 보이고 싶지 않은
마음이 더 컸다.

'여행 콘셉트는 너무 뻔할까? 근데 여행
콘셉트를 버리면 부루마블 같지가 않잖아.'

대표는 새로운 보드게임을 만들려고 하지
말고 사람들에게 가장 익숙한 부루마블을
살짝 변형하라고 강조했다. 그렇다면 여행과
부동산 콘셉트는 그대로 가져가는 게 나을
듯했다.

'아예 새로운 게임을 만드는 게 차라리 더
쉽겠다.'

푸른은 머리를 쥐어뜯으며 낮에 취재를
하러 가는 지하철 안에서 휴대폰으로 검색해
저장해놓은 보드게임 관련 이미지 몇 개를
포토 프린터로 출력해 스크랩북에 붙였다.

휴대폰으로 봐도 문제는 없지만 스크랩북으로 모아서 보면 왠지 아이디어가 더 잘 떠올랐다.

며칠째 낮에는 정해진 일정대로 일을 하고, 저녁에는 구슬과 회사에 남아 아이디어 회의를 하고, 밤늦게 집에 돌아와 보드게임을 연구하는 일정을 반복하고 있었다. 푸른은 수첩과 스크랩북을 번갈아 보며 뭐라도 떠올리려고 애썼지만 피곤 때문인지 아무 생각도 나지 않았다.

12시에 뻐꾸기시계가 울렸다. 깜빡 잠이 들었던 푸른은 뻐꾸기 우는 소리를 듣고 깨어나 눈을 비볐다. 아직 정신이 멍했다. 뻐꾸기는 하루에 두 차례 나온다. 정오에 한 번, 자정에 한 번. 시곗바늘이 12를 가리킬 때만 두 번(뻐꾹뻐꾹) 울고 들어간다. 원래는 어떤 빈티지 숍에 갔다가 소원을 들어주는 뻐꾸기시계라고 하는 말에 혹해서 산 것인데,

시계를 산 후 딱히 이루어진 소원은 없었다.
하지만 푸른은 뻐꾸기가 두 번 울고 나서 작은
집으로 들어가는 모습을 보는 것만으로도
왠지 기분이 좋아졌다. 집에 있을 때는 일부러
12시가 되기를 기다렸다가 뻐꾸기가 나왔다
들어가는 것을 지켜보고는 했다.

그런데 이번에는 무슨 일인지 뻐꾸기가
두 번을 다 울고도 자기 집으로 들어가지
않았다.

"고장 난 건가?"

푸른은 혼잣말로 중얼거렸다. 바로 그때
시계의 횃대에 앉아 있던 하얀 뻐꾸기(나무
조각에 하얀 칠을 했다)가 날개를 펼치고
공중으로 날아올랐다. 뻐꾸기는 점점
커지더니 진짜 새로 변해 침대 위에 앉았다.

"고장 난 건 아니고, 잠시 영혼을
되찾았다고 볼 수 있지."

푸른은 너무나 놀라고 무서워서 꼼짝도

하지 못하고 말하는 뻐꾸기를 쳐다봤다.

"야근을 너무 많이 해서 내가 미쳤나 봐."

푸른은 울상이 되어 말했다.

"너 미친 거 아니야. 그냥 좀 희한한 일이
일어났구나, 하고 편하게 생각해."

뻐꾸기는 그렇게 말하고는 날개를 활짝
펼치고 재빠르게 방 안을 한 바퀴 돌아 다시
침대에 내려앉았다. 그러고도 모자랐는지
제자리에서 총총 뛰기까지 했다.

"아, 이제 좀 살 것 같네. 맨날 저기 갇혀서
갑갑해 죽는 줄 알았어."

푸른은 뻐꾸기에게 말을 걸어야 할지
말아야 할지를 잠시 심각하게 고민했다. 만약
지금 이 상황이 정신분열증의 시작이라면,
뻐꾸기에게 말을 거는 순간 증상이 더
심해지지 않을까?

"너 미친 거 아니라니까."

뻐꾸기가 푸른의 생각을 꿰뚫어 본 듯

말했다.

"그럼 이게 뭔데 지금?"

"난 마법에 걸려서 시계에 갇힌 뻐꾸기,
넌 마법에 걸려서 게임에 갇힌 인간. 알라딘
알지? 램프에 갇힌 지니 같은 거라고 보면 돼."

"잠깐만. 네가 마법에 걸려서 시계에
갇혔다는 건 알겠는데, 내가 갇혔다는 건
뭐야? 내가 어디에 갇혀?"

"게임에 갇혔다고. 인간만 게임을
만들어서 말을 가지고 노는 줄 알아? 신들도
심심하니까 온갖 게임을 만들어서 논다고.
우리는 신들의 말이야. 인간들은 그걸
알면서도 모른 척들을 하는 것 같아. 은유니
뭐니 하면서. 신들이 일부러 망각하게 해서
그런 것도 있긴 하지만."

푸른은 뻐꾸기의 현란한 말솜씨에
머릿속이 더 복잡해졌다.

"내가 어떤 게임에 갇힌 건데? 아니, 난

지금 내 방에 있는데? 나 안 갇혔어!"

푸른이 방 안을 두리번거리며 외치자
뻐꾸기가 피식 웃었다.

"방문 한번 열어봐."

푸른은 뻐꾸기의 말을 듣고 바로
침대에서 내려와 문을 열어보려고 했다.
문은 열리지 않았다. 문고리를 아무리 돌리고
잡아당겨도 문은 꿈쩍도 하지 않았다. 창문도
마찬가지였다. 문이나 창문이나 누가 본드로
붙이기라도 한 것처럼 요지부동이었다.

"나 어떡해. 진짜 갇혔나 봐."

눈물이 터져버린 푸른은 침대에 주저앉아
훌쩍거렸다.

"울지 마. 게임은 언젠가는 끝나게 되어
있어. 게임을 끝내려면 부지런히 움직여야지.
그렇게 울고 있을 시간 없어."

뻐꾸기는 푸른을 위로하려는 기색 없이
냉정하게 말했다.

"무슨 게임인지도 모르는데 나더러 뭘 어쩌라는 거야!"

푸른은 뻐꾸기의 냉정함에 분해져서 눈물을 닦고 소리쳤다.

"게임 이름은 딱히 없는데. 내가 이름을 지어볼까?"

뻐꾸기는 침대 위에서 종종걸음을 치며 고민에 빠진 듯하더니 곧 날개 하나를 척 들었다.

"사랑의 러브 게임. 어때? 좋은 이름이지? 난 정말 똑똑한 뻐꾸기야."

'잘난 척이 심한 뻐꾸기네.' 푸른은 그렇게 생각하며 반문했다.

"사랑이랑 러브랑 같은 뜻 아니야?"

"그래? 그럼 사랑의 보드게임이라고 하지 뭐. 이름이 중요한 건 아니니까 대충 넘어가. 지금 중요한 건 네가 사랑의 보드게임에 갇혔고, 이 게임에서 무사히 빠져나가야 한다는 거지."

"빠져나가려면 어떻게 해야 하는데?"

푸른이 묻자 뻐꾸기가 날개를 위로 치켜들어 휙 저었다. 그러자 허공에 반투명한 보드게임 판이 나타났다. 전지 정도 되는 크기의 판에 44개의 칸이 있었다. 전체적으로 부루마블과 비슷해 보이는 디자인이었지만, 다른 점도 있었다. 허공에 뜬 보드게임의 칸들은 모두 내용이 보이지 않는 빈칸이었다. 칸들은 주홍, 분홍, 빨강, 초록, 파랑, 노랑, 보라 등등으로 색이 다 달랐는데 조명을 달아놓은 것처럼 빛까지 번쩍거려서 화려함을 넘어 현란해 보였다. 판 가운데에서는 반으로 쪼개어진 지구 모양의 물체가 빙글빙글 돌아가고 있었다. '지구가 깨져 있네?' 푸른은 그것을 보며 생각했다.

"넌 이제부터 이 게임의 말이 되어 앞으로 나아가야 해. 시간 없으니까 바로 시작하자."

뻐꾸기가 날개를 한 번 더 휘젓자 반으로
갈라진 지구 모양의 물체 사이에서 주사위 두
개가 두둥실 떠오르더니 화살 같은 속도로
푸른에게 날아왔다. 푸른은 얼떨결에 두
손으로 주사위들을 받았다. 두 개의 주사위는
오묘한 빛깔로 반짝반짝 빛이 났다. 빛의
반사에 따라 빨강 같기도 하고, 분홍빛이
도는 것 같기도 하고, 살굿빛이나 다홍빛처럼
보이기도 했다.

"뭐 해? 어서 던져!"

푸른은 뻐꾸기의 재촉에 떠밀려 두 개의
주사위를 허공으로 던졌다. 주사위들은
제대로 구르지 못하고 이불 위로 툭 떨어졌다.

"1과 3. 더하면 4로군."

뻐꾸기가 주사위를 보고 말했다. 푸른은
아직 얼떨떨해서 멍하니 보드게임 판을 보고
있다가 출발 칸에 나타난 말을 보고 흠칫
놀랐다. 말은 푸른의 축소판이었다. 자신의

외형을 그대로 본 따서 엄지손가락 크기의
홀로그램으로 만든 것 같은 말을 보면서
푸른은 '이 게임을 만든 게 누군지는 몰라도
참 악취미가 있네' 하고 생각했다. 뻐꾸기는
신의 게임이라고 했지만, 그게 과연 사실일까
하는 의문도 들었다. 실은 자신도 모르게
리얼리티 예능 프로그램 같은 것에 출연하게
됐다는 쪽이 더 믿음직해 보였다. 증강 현실과
〈트루먼 쇼〉의 만남이랄까?

　'그렇다면 시청률은 꽤 높겠지만, 현대의
윤리적인 시청자들이 〈트루먼 쇼〉 같은 걸
허용할 리는 없을 텐데.'

　어떤 생각이나 상상이 한번 떠오르면
끝없이 꼬리를 물고 이어진다. 푸른은 다른
사람보다 생각의 꼬리를 잘 끊지 못하는
편이다. 그래서 침대에 일찍 누운 날에도
꼬리를 무는 생각들 때문에 늦게 잠들게
되고는 했다. 하지만 이번에는 다행히

뻐꾸기가 생각의 꼬리를 잘라주었다.

"지금 같은 상황에서도 딴생각에 빠질
수 있다니 보기보다 대담하네? 다른 생각
그만하고 뭐가 나왔는지 봐봐."

푸른은 침대에 앉은 채 고개를 들어
게임 판을 봤다. 그 순간 판의 네 번째 칸이
뒤집히더니 거기 적힌 내용이 보였다.

"전화하기?"

푸른은 초록색 칸에 적힌 내용을 읽고
고개를 갸우뚱했다. 뻐꾸기는 날개를
퍼덕거리며 좋아했다.

"오호! 아주 무난한 게 나왔네. 금방 끝낼
수 있겠어. 자, 어서 전화를 걸어!"

"누구한테?"

푸른은 영문을 알 수 없어 되물었다.

"네가 좋아하는 사람한테! 내가 말했잖아.
사랑의 보드게임이라고. 이 보드게임의
승패는 네가 사랑을 이룰지 아닐지에 달렸어.

주사위를 던져서 네가 이동한 칸에 쓰여 있는
지령을 따르면서 앞으로 나아가야 하는 거지.”

　‘그걸 왜 이제 말해?’ 푸른은 따지고
싶었지만 그런다고 뭐가 바뀌는 것도 아니다
싶어 화를 꾹 삼켰다. 하지만 좋아하는
사람에게 전화를 걸다니. 푸른은 구슬의
얼굴을 떠올리고 고개를 저었다.

　“난 못 해.”

　딱 잘라 말하는 푸른을 보고 뻐꾸기는
이해를 못 하겠다는 듯 제자리에서 팔짝팔짝
뛰었다.

　“왜 못 해? 전화만 걸면 된다니까?”

　“일단 난 좋아하는 사람이 없어.”

　“그러면 게임이 열렸을 리가 없는데.
가슴에 손을 얹고 맹세할 수 있어?”

　속을 꿰뚫어 보는 듯한 뻐꾸기의 눈빛에
푸른은 마음이 약해져서 사실을 실토했다.

　“좋아하는 것까지는 아니고 호감 가는

사람이 있긴 해. 근데 그 사람은 내 직장 동료야. 이 시간에 어떻게 회사 사람한테 전화를 해?"

"키스를 하라는 것도 아니고 전화만 하라니까? 전화 한 통이면 돼. 특별한 얘기를 할 필요도 없어. 그냥 전화 걸고 잠깐 아무 말이나 하고 끊어!"

"난 못 하겠다니까?"

"그래, 그럼 평생 이렇게 갇혀 있든가. 나도 시계에 갇혀 있나 이 방에 갇혀 있나 그게 그거야. 시계보단 여기가 낫지. 너랑 나랑 평생 여기서 둘이 살자. 어차피 금방 굶어 죽을 거라 같이 오순도순할 시간이 그리 길진 않겠지만."

뻐꾸기가 한껏 빈정거리며 두 날개를 펼치고 침대에 드러누웠다.

"미리 이 얘기를 하는 게 낫겠다. 난 어차피 그 사람이랑 잘될 수 없어. 이 게임은 실패로 끝날 거야."

"왜 해보지도 않고 그런 소리를 해? 그 사람이랑 잘 안 될 거라고 어떻게 확신하는데?"

"그 사람 여자야."

푸른이 눈을 질끈 감고 한 말에 뻐꾸기가 이해를 못 하겠다는 듯 되물었다.

"그 사람이 여자인데, 뭐?"

"나도 여자, 그 사람도 여자. 성별이 똑같다고."

"그러니까 그게 뭐가 문제냐고."

"인간 사회에서는 그게 문제가 돼."

"아니, 중요한 건 그 사람이 널 좋아하는지 아닌지에 달렸지. 여자인지 남자인지에 달린 게 아니야. 말도 안 되는 핑계 대지 말고 얼른 전화해! 다시 말하지만 대단한 걸 하라는 게 아니고 전화만 하라니까?"

"그 사람이 여자를 좋아하는지 아닌지도

모르는걸."

　푸른은 평생 벽장으로 살았다. 누군가가 좋아져도 벽장에서 나올 용기가 없어 그 사람을 좋아하는 마음이 사라질 때까지 기다리고는 했다. 그런데 갑자기 좋아하는 사람에게 전화를 걸라니. 그런 일은 도저히 할 수 없었다. 푸른은 자신을 콕콕 쪼아대며 재촉하는 뻐꾸기를 진정시키려고 마음의 준비가 되면 전화를 하겠다고 둘러댔다. 그러나 말을 하고 보니 마음의 준비가 되고 나면 전화 정도는 할 수 있을 것도 같았다.

　A.M. 2:15

뻐꾸기: 진짜 전화 안 할 거야?
푸른: 아직 마음의 준비가 안 됐어.

　A.M. 2:40

뻐꾸기: 아직도 마음의 준비 다 안 됐어?

푸른: …….

A.M. 3:25

뻐꾸기: 제발 전화 한 통만 해주면 안
될까?

푸른: 이제 진짜 시간이 늦었잖아. 아침에
할게.

뻐꾸기는 푸른의 약속을 듣고 하품을
하며 이불 속으로 들어가더니 금세 꾸벅꾸벅
졸기 시작했다. 푸른도 아침까지 몇
시간이라도 자보려고 눈을 감았다. 하지만
아무리 뒤척여도 잠은 오지 않았다. 구슬에게
전화를 한다는 생각만 해도 가슴이 너무나
두근거렸기 때문이다. 결국 창밖이 밝아올
때까지 푸른은 한숨도 자지 못했다.

"난 이제 가야 해."

뻐꾸기가 비틀거리며 이불 속에서 나와 말했다. 뻐꾸기는 단잠을 잔 것 같았다.

"어딜?"

"동이 트면 난 뻐꾸기시계에 다시 갇혀. 해가 지면 다시 나올 거고. 이따 봐! 오늘 내로 전화 꼭 하고. 이 방에 계속 갇혀 있을 수는 없잖아. 전화 그까짓 거 별거 아니야. 알지? 용기를 좀 내봐!"

창문으로 들어오는 햇빛을 받은 뻐꾸기는 점점 작아졌다. 뻐꾸기는 힘겹게 날개를 펼쳐 시계의 작은 집으로 들어갔다. 시계는 6시 50분을 가리키고 있었다. 7시 40분에는 나가야 여유로운 마음으로 걸어서 출근할 수 있다. '슬슬 출근 준비를 해야 할 텐데.' 푸른은 방 안을 서성거리며 마음의 준비를 했다. '10분만 있다가 전화하자. 7시에.'

7시 정각에 푸른은 심호흡을 하고

구슬에게 전화를 걸었다. 신호가 가는 동안
귓속에서 심장 뛰는 소리가 들렸다. 그냥 끊고
싶어질 때쯤 구슬이 전화를 받았다.

"네."

잠에서 덜 깬 목소리는 아니었다.
평소처럼 단정한 구슬의 목소리에 푸른은
더욱 긴장해서 머릿속이 하얘졌다.

"푸른 님?"

"아, 네. 저예요. 이푸른."

"혹시 잘못 거신 걸까요?"

'그렇구나. 우리는 이 시간에 전화를
걸면 잘못 건 건가 하는 생각이 드는 사이지.'
푸른은 휴대폰 너머에서 들려온 구슬의 말을
듣고 생각했다. 당연하다고 생각하면서도
왠지 마음이 어두운 실망으로 얼룩졌다.

"아뇨."

그렇게 말하고 푸른은 후회했다. '잘못 건
게 맞는다고 할걸. 그러면 핑계를 안 지어내도

됐잖아.' 전화를 걸기 전에 미리 가짜 용건을 생각해두긴 했다. 푸른은 준비해놓은 가짜 용건을 말했다.

"저희 오늘도 저녁에 회의하는 거 맞죠? 어젯밤에 친구한테 뭘 도와달라는 연락이 왔는데 저희가 오늘 회의를 하는 거였는지 헷갈려서요."

막상 말하고 보니 지어낸 핑계라는 것이 너무 티가 나는 듯해서 푸른은 이불 속으로 들어가 울고 싶어졌다.

"아, 오늘 회의를 하는 건 맞는데 급한 일 있으시면 내일 해도 괜찮아요."

구슬의 목소리는 차분하기만 했다. 푸른은 구슬이 평정심을 잃은 모습을 한 번도 본 적이 없었다.

"아니에요. 회의가 먼저죠. 친구가 부탁한 일도 급한 건 아니에요. 그럼 이따 회사에서 뵈어요!"

"네, 그럼 끊겠습니다."

통화가 끝나자 푸른은 기운이 쭉 빠져서 바닥에 앉았다.

'얼마나 바보처럼 보였을까?'

그런 생각밖에는 들지 않았다. 그때 수치스러운 짓을 한 데에 대한 보상이기라도 한 듯 문이 스르륵 열렸다.

"고맙다, 고마워."

푸른은 원망스러운 눈으로 뻐꾸기시계를 한 번 보고 세수를 하러 욕실로 갔다. 등 뒤에서 뻐꾸기가 "내가 한 게 아니라니까! 나도 마법에 갇힌 거라고!"라며 소리를 치는 것 같았다.

3

오후에는 서촌에 있는 서점을 취재했다. 푸른은 서점에서 책 두 권과 수첩을 사서 나왔다. 서점의 작은 문구 코너에 있는 그 수첩을 보자마자 구슬이 떠올랐다. 하얀 바탕의 표지에 유리구슬 무늬가 있는 질이 좋은 수첩이었다. 언젠가 기회가 되면 구슬에게 선물해야겠다고 생각하며 푸른은 수첩을 가방 한구석에 잘 넣어뒀다.

회사로 돌아왔을 때는 벌써 오후 5시가 훌쩍 넘어 있었다. 푸른은 자리에 앉아 헤드폰을 쓰고 서점 인터뷰 녹취를 풀었다. 한참 인상을 쓰면서 타이핑을 하고 있는데 누군가 다가와 푸른을 불렀다. 고개를 들어 보니 파티션 너머에 구슬이 서 있었다. 푸른은 헤드폰을 벗었다.

"푸른 님, 배 안 고프세요?"

푸른은 구슬의 말을 듣고 시간을 봤다. 저녁 7시였다. 푸른은 어떤 일을 하면 금세 몰입하는 편이라 시간을 잊어버릴 때가 잦았다.

"저녁 먹으러 가시게요? 전 괜찮아요.
일이 남아서."

푸른은 그렇게 말하고는 아차 하고
자리에서 벌떡 일어났다.

"아, 저희 회의해야죠? 제가 오늘 정신이
없어서. 죄송해요."

"급한 일 있으시면 마치고 해도 괜찮아요."

구슬의 말은 진심처럼 들렸다. 하지만
구슬이 자신 때문에 늦게 퇴근한다고
생각하니 푸른은 마음이 불편해져서 쓰다 만
기사를 허둥지둥 저장하고 파일을 닫았다.

"그럼 바로 회의할까요?"

"네, 그럴까요?"

두 사람은 회의실로 들어갔다. 구슬도
나름대로 보드게임 자료를 찾아보았는지
이런저런 아이디어들을 이야기했다. 푸른은
구슬의 말을 귀 기울여 듣고 싶었지만 배가
너무 고파서 집중이 잘 되지 않았다. 자리에

앉아서 기사를 쓸 때는 일에 몰입해서 배가 고픈 줄도 몰랐는데, 막상 회의실에 들어오고 나니 점점 강렬한 허기가 밀려들었다.

결국 푸른은 배고픔을 참지 못하고 자리에서 일어났다. 이러다가는 배에서 꼬르륵대는 소리가 천둥처럼 울릴 것 같았다. 벌써 몇 번은 꼬르륵거렸다. 구슬의 표정을 봐서는 들린 것 같기도 했다.

"저 잠깐 탕비실에 다녀와도 될까요?"

"출출하세요?"

구슬은 왠지 장난스러운 미소를 짓고 있었다.

"아뇨, 그냥 차가 마시고 싶어서요. 구슬님도 한 잔 가져다드릴까요?"

"좋죠."

"어떤 걸로 드세요?"

"전 커피요."

푸른은 구슬의 대답을 듣고 서둘러
회의실에서 나왔다. 탕비실은 다른 회사들과
함께 쓰는 공간이어서 2층까지 내려가야
했다. 탕비실에 들어가는 순간 현기증이
일었다. 전날 한숨도 자지 못한 데다 종일
서울 바닥을 돌며 취재를 하느라 끼니도
제대로 챙기지 못했으니 머리가 어지러울
만했다.

"바보."

푸른은 박스에서 커피 믹스를 꺼내어
쥐고 중얼거렸다.

"배고프다고 왜 말을 못 해?"

그 소리는 푸른의 혼잣말이 아니었다.
어느새 등 뒤에 뻐꾸기가 나타나 있었다.
정확히는 탕비실 테이블 위에.

"너 뭐야? 어떻게 여기까지 왔어?"

"이 날개는 장식인 줄 알아?"

뻐꾸기가 뽐내듯 날개를 퍼덕거렸다.

"게임 계속해야지."

푸른은 뻐꾸기의 입에서 나온 게임이라는 말을 듣자마자 피곤해져서 머리를 감싸 쥐었다.

"집에 가서 하면 안 돼?"

푸른은 자신의 눈 밑이 한층 더 퀭해지는 것을 느끼며 뻐꾸기에게 물었다.

"집에 가서 언제? 지령이 나오면 어제처럼 또 시간이 너무 늦었다면서 내일 하겠다고 할 거 아냐."

뻐꾸기가 날카롭게 맞는 말을 했다.

"그렇긴 하지."

푸른은 반박하지 못하고 고개를 끄덕였다.

"그럼 바로 시작한다?"

뻐꾸기가 말을 하자마자 탕비실 테이블에 보드게임 판이 나타났다. 주사위도 테이블에 얌전히 놓여 있었다. 푸른은 테이블로 다가가서 순순히 주사위를 굴렸다.

"2에 2. 더블이네?"

뻐꾸기가 박수 치듯 두 날개를
맞부딪쳤다.

"더블일 땐 먼저 나온 지령을 수행하고
나서 주사위를 한 번 더 던지면 돼. 원래는
하루에 한 차례밖에 못 나가는데, 더블이
나오면 한 번 더 나아갈 수 있으니 이득이지.
그럼 이번엔 뭐가 나왔는지 볼까?"

푸른의 축소판처럼 생긴 말이 네 칸
앞으로 나아갔고 칸이 뒤집혔다. 황금 열쇠가
나왔다.

"오, 황금 열쇠잖아? 얼른 하나 뽑아봐."

보드게임 판에서 황금 열쇠 카드 한
더미가 떠올랐다. 푸른은 신기해하며 카드
더미를 집어 들었다가 속임수가 있을지도
모른다는 생각에 여러 번 섞고 나서 하나를
골랐다.

🂠 다른 사람이 주사위를 대신 한 번 던진다.

푸른은 실망해서 카드를 내려놨다.

"이 게임은 나 혼자 하는 거잖아. 꽝이나 마찬가지네."

"그래도 나중에 어떻게 될지 모르니까 일단 넣어둬. 이번이 아니라도 언제든지 쓸 수 있는 카드니까."

뻐꾸기의 말을 듣고 다시 카드를 보니 아래쪽에 '이 카드를 소지한 사람은 자신의 차례일 때 언제든지 찬스를 쓸 수 있다. 단, 1회 사용 가능'이라는 조건이 적혀 있었다.

"자, 한 번 더!"

뻐꾸기가 한쪽 날개로 테이블을 탕탕 두드렸다. 푸른은 황금 열쇠 카드를 주머니에 넣고, 될 대로 되라는 심정으로 주사위를 대충 던졌다. 이번에는 2와 3이 나왔다.

말이 앞으로 다섯 칸 나아갔다. 초록색 칸이
뒤집혔다.

🃏 **저녁 식사 함께 하기.**

"딱 좋네. 둘 다 저녁도 안 먹었겠다
일 얘기도 남았겠다, 같이 저녁 먹으면서
회의하자고 그래!"

"어떻게 상황을 그렇게 잘 알고 있는
건데?"

푸른은 기가 막혀서 물었다.

"낮말은 새가 듣고 밤말은 쥐가 듣는다는
속담 몰라? 새는 귀가 밝다고. 딴소리하지 말고
얼른 그 사람한테 전화해서 저녁 먹자고 해!"

"못 하겠어."

푸른은 울상이 되어 말했다.

"이것도 못 하겠다 저것도 못 하겠다, 대체
왜 그래?"

뻐꾸기가 답답해 죽겠다는 듯 가슴을
쳤다.

"저녁을 같이 먹자는 건…… 데이트
신청이잖아."

"너 혹시…… 모태솔로니?"

두려움과 부끄러움이 반반 섞인 푸른의
얼굴을 보며 뻐꾸기는 어이없다는 투로
물었다.

"아니, 뭐 그렇게 물으면 아니라고는 말
못 하겠지만 난 그런 단어가 별로 안 좋다고
생각해. 그 단어는 연애하는 것을 기본으로
놓고 연애를 하지 않는 사람들을 정상적인
기준에서 벗어난 것처럼……."

뻐꾸기가 길어지려는 푸른의 말을 잘랐다.

"여기서 안 나갈 거야?"

그때 탕비실 바깥에서 사람들 소리가
들렸다.

"어? 이게 왜 안 열리지?"

"문이 잠겼어요?"

"그런 것 같아요. 안에 누가 있는 것
같은데."

푸른은 얼른 쪼그려 앉아 몸을 숨겼다.
하지만 이미 늦었다.

"문을 잠그신 거예요, 아니면 안에 갇히신
거예요?"

밖에 있는 사람이 문을 두드리며 물었다.
푸른의 이마에서 식은땀이 쭉 흘렀다. 푸른은
마지못해 몸을 반쯤 일으키고 밖에서 자신의
얼굴이 보이지 않도록 허리를 구부린 채
건너편을 향해 말했다.

"갇혔어요."

푸른의 말에 문밖의 사람들이 수군거렸다.

"갇혔대요. 문이 고장 났나 봐요."

"어머! 잠시만 기다리세요. 열어드릴게요.
여기 좀 도와주세요!"

다른 사람들이 무슨 일이냐고 물으며

탕비실 문 앞으로 모여드는 소리가 들렸다. 그 소리를 들으며 푸른은 극한의 공포를 느꼈다.

"나 어떡해."

푸른은 테이블 아래로 기어들어가 몸을 웅크렸다. 지금 푸른에게는 문밖에 있는 사람들이 좀비 떼처럼 느껴졌다.

"어떡하긴 뭘 어떡해. 얼른 전화해서 같이 저녁 먹자고 해!"

테이블 밑에 함께 숨은 뻐꾸기가 소근거리는 목소리로 재촉했다. 그러는 수밖에 없다면. 푸른은 눈을 질끈 감고 구슬에게 전화를 걸었다.

"구슬 님, 저랑 같이 저녁 드실래요?"

4

두 사람은 회사 근처에 있는 작은 파스타 가게에서 일 이야기만 하다 밖으로 나왔다.

실로 깔끔한 회사 동료 간의 저녁 식사였다. 이야기는 생각보다 꽤 길어져서 식당을 나왔을 땐 밤 10시가 넘어 있었다.

"아참, 오늘 구슬 님 드리려고 산 게 있는데."

푸른은 그제야 낮에 수첩을 샀던 게 떠올라 가방을 뒤적거렸다. 구슬은 무얼까 하고 기다리는 표정으로 서 있다가 푸른이 내민 것을 받고 웃었다.

"구슬 수첩이군요. 갑자기 웬 선물을 다 주세요?"

"그냥 그 수첩을 보니 구슬 님 생각이 나서요."

푸른의 말에 구슬은 아무 말 없이 웃으며 고개를 끄덕였다.

"오늘도 자전거 타고 가세요?"

푸른이 따릉이 보관대를 턱으로 슬쩍 가리키며 묻자 구슬이 난감한 듯 웃었다.

"오늘은 걸어가려고 했어요. 같이 가요. 이 시간에 혼자 다리를 건너가기는 위험하잖아요."

"집이 어디신데요?"

"당산역 근처요. 푸른 님도 그 근처 사시는 거 맞죠?"

같은 동네에 살았다니. 푸른은 택시를 타고 가려고 했다는 말을 삼키고 고개를 끄덕였다. 슬금슬금 웃음이 새어 나왔다. 푸른은 자꾸만 올라가는 입꼬리를 숨기려 구슬에게서 등을 돌리고 앞서 걸었다. 합정역 부근에 있는 식당에서 양화대교까지는 금방이었다. 두 사람은 제법 찬 바람이 부는 양화대교를 함께 걸으며 식당에서 하던 대화를 이어서 했다.

"모노폴리라는 게 기본적으로 부동산 독점을 바탕으로 만든 게임이잖아요. 부루마블은 모노폴리의 일종이고요. 저는 솔직히 좀 거부감이 들어요. 다들 부동산 가격이 미친 도시에 살면서 집값 때문에 허덕이는데, 부동산 독점 게임을 만들고 즐긴다는 게 별로예요."

구슬은 그동안 이런 비판적인 이야기를 꺼낸 적이 한 번도 없었다. '내가 조금 편해지신 걸까?' 생각하면서 푸른은 조심스럽게 자신의 의견을 이야기했다.

"그렇기도 하지만 대리 만족의 측면이 있는 게 아닐까요? 현실에서는 내 집 마련도 어려운데 부루마블 게임에서는 별장이며 호텔이며 마구 지을 수 있잖아요. 잠시나마 달콤한 꿈을 꾸는 거죠. 현실에서는 이루어질 수 없는 꿈요."

"글쎄요. 잠깐 꾸고 마는 꿈이 의미가 있을까요? 게임이 끝나면 현실로 돌아와야 하잖아요. 저는 부루마블 게임 같은 걸 하고 나면 허무해져요. 게임에서 부동산

갑부가 되어도 게임이 끝나고 나면 열 평도
채 안 되는 오피스텔 월세를 내는 데에
월급의 4분의 1을 써야 하는 현실이 눈앞에
있으니까요."

두 사람은 말없이 걸었다. 다리 끝이
가까워지고 있었다.

"제가 너무 냉소적으로 말했나요?"

구슬이 먼저 침묵을 깼다.

"아니에요. 모노폴리는 원래 부동산
독점을 비판하기 위해 만들어진 게임이라고
하잖아요. 그러니까 허무함이 모노폴리
게임의 진짜 정서일 수도 있겠죠. 그런데 잠깐
꾸고 마는 꿈이 정말 의미가 없을까 하는
생각이 들긴 해요. 저한텐 그런 게 의미가
있는 것 같아요."

"꿈이 끝나면 현실로 돌아와도요?"

"글쎄요, 그거랑은 좀 다른 것 같은데······.
저는 꿈이 현실을 바꾸기도 한다고 생각해요.

현재 눈앞에 놓인 상황만 생각하면서 그게 현실이라고 생각하다 보면 체념하게 되는 것 같아요. 저는 그것보다는 내가 원하는 것을 꿈꾸고, 그 꿈이 현실이 될 수 있도록 노력하는 쪽이 훨씬 더 좋아요."

푸른은 자기도 모르게 뜨거운 목소리로 자신의 생각을 말해놓고는 민망해져서 머리를 긁적였다.

"말하고 보니 모노폴리나 부루마블하고는 아무 상관도 없는 소리를 했네요. 죄송해요."

구슬은 진지한 얼굴로 푸른의 말을 듣고 있다가 고개를 저었다.

"저는 고등학생 때까지 시골에서 학교를 다녔는데 좁은 동네가 갑갑해서 서울에 사는 게 꿈이었어요. 매달 세련된 잡지를 몇 권씩 사서 읽으면서 '나중에는 서울에 가서 잡지 만드는 사람이 되어야지', '멋있게 살아야지' 그런 생각을 정말 많이 했어요.

지금 되돌아보면 그때 했던 생각들이 제 삶의 방향을 정한 것 같아요. 서울에도 오고, 잡지도 만들고. 아직 멋있는 사람은 되지 못했지만요. 그래도 언젠가는 진짜 멋있는 사람이 되고 싶어요. 그게 제 꿈이에요."

구슬의 얼굴에 무언가가 떠올랐다. 푸른은 그것이 무엇인지는 모르겠지만 구슬의 얼굴이 다른 때보다 더 근사해 보인다고 생각하며 물었다.

"멋있는 사람이라는 게 어떤 건데요?"

"매일 사람들과 부대끼면서 이런저런 일들에 치이고 세상일은 마음대로 되는 게 하나도 없고. 늦게까지 야근한 다음 날 수면 부족 상태로 인파에 꽉 끼어서 출근하다 보면 지구가 멸망했으면 좋겠다는 생각이 들잖아요. 그런데 하루는 일이 끝나고 집으로 오는 길에 그런 생각이 들더라고요. '한 사람의 인생이라는 게 이렇게 보잘것없는데 그럼에도 불구하고 세상을 사랑의 눈으로 볼 수 있는 사람이 있다면 참 멋지지 않을까? 모르는 사람으로 가득 찬 세상을 사랑할 수 있는 사람은 상상력이 정말 뛰어난 사람일 거야. 나도 그런 능력을 가지고 싶다.' 어떤 얘기인지 아시겠어요?"

"알 것 같아요. 상상력이 뛰어나다는 거요. 한 사람이 세상에 태어나서 사랑을 느끼는 대상은 정말 한 줌인데, 모르는 존재로 가득 한 세상을 사랑할 수 있다는 건 내가 모르는 존재들을 마치 내가 아는 사람들처럼 느끼고 상상할 수 있다는 거죠."

"맞아요. 바로 그거예요. 그런 상상을 할 수 있고 그래서 세상 전체를 사랑할 수 있는 멋진 사람이 되고 싶어요. 매일 실패하고 있지만요."

"이미 멋있으신데요."

푸른은 수줍게 중얼거렸다. 작은

목소리였지만 구슬에게 들리기는 한 것
같았다. 구슬도 수줍게 웃은 것을 보면
말이다. 매일 혼자 걷던 다리를 구슬과 함께
걷고 있는 지금 이 순간이 푸른에게는 좋은 꿈
같았다.

　'내일이면 사라질 꿈이라도 좋아.'

　푸른은 진심으로 그렇게 생각했다. 다리를
다 건너면 두 사람은 각자의 집으로 돌아가고,
내일은 다시 직장 동료로 예의 바르게 서로를
대할 것이다. 하지만 지금은 이상할 정도로
구슬이 친밀하게 느껴졌다.

　"여기서 어디로 가세요?"

　다리 끝에서 푸른이 구슬에게 물었다.
구슬은 잠시 무언가를 고민하는 듯
머뭇대다가 말했다.

　"집까지 데려다드릴게요. 괜찮으시면요."

　"집이 이 근처일 텐데 저 때문에 괜히
한참 더 걸으시는 거 아니에요?"

"좀 더 걷다 들어가고 싶어서요. 산책할 겸."

"그렇다면 전 좋아요."

다리 끝에서 푸른의 집까지는 30분 정도가 걸렸다. 두 사람은 쉴 새 없이 웃고 떠들며 어두운 거리를 걸었다. 집 앞에서 푸른은 아쉬움을 느꼈다. 지친 날에는 꽤 멀게 느껴지는 길인데, 오늘은 너무 빨리 도착했다.

"제가 택시 불러드릴게요. 타고 가세요."

"괜찮아요. 자전거 타고 가려고요."

"그럼 가시는 거 보고 갈게요."

따릉이 보관대는 푸른의 집에서 조금 떨어져 있었다. 두 사람은 다시 잠깐 함께 걸었다. 따릉이 보관대 앞에서 구슬이 휴대폰 앱을 켜서 자전거 뒤에 붙은 큐알코드를 찍었다. 그 모습을 지켜보던 푸른의 머릿속에 아이디어 하나가 떠올랐다.

"자전거 여행 콘셉트 어때요?"

"네?"

구슬이 자전거를 꺼내려다가 푸른을 돌아보았다. 푸른은 신이 나서 아이디어를 설명했다.

"자전거를 타고 전 세계를 도는 거예요. 말도 자전거 모양으로 하고, 도시마다 있는 자전거 타기 좋은 길도 소개하고요. 방금 떠오른 거라 아직 구체적인 건 더 생각해 봐야겠지만, 재밌을 것 같지 않아요?"

푸른의 이야기를 듣고 구슬도 표정이 밝아졌다.

"좋은데요? 자전거를 타고 돌아다니면서 별장이나 호텔을 짓는 대신 공공건축물을 지어도 좋겠어요. 미술관이나 도서관 같은 거요. 복지 센터도 좋고요. 도시에 건축물을 지으면 거기에 게임 참여자의 이름이 붙는 거죠."

"록펠러 센터 같은 거군요?"

"좀 다르긴 하지만, 대충 넘어가자면 그렇다고 볼 수도 있죠. 어쨌든 재밌어요. 내일 더 이야기해봐요."

"좋아요."

드디어 일이 진척을 보였다. 푸른은 들떠서 자전거를 타고 떠나는 구슬에게 손을 크게 흔들었다. 푸른은 이제 인정할 수밖에 없었다. 자신이 정말로 사랑에 빠졌다는 것을. 슬쩍 빠져나갈 출구 따위는 없었다. 푸른은 심장이 너무 두근거려서 가슴에 두 손을 얹고 걸었다.

집으로 돌아와보니 뻐꾸기가 기다리고 있었다.

"자."

뻐꾸기가 내민 것은 역시 주사위였다.

"이렇게 바로? 방금 미션 하나 끝냈는데."

푸른은 기가 막혀서 투덜거렸다.

"우리 게임에서 하루가 다시 시작되는 기준은 자정이야. 지금 안 던지면 내일 해 지기 전까지 난 또 시계에서 못 나오고. 그러니 지금 하는 게 맞아."

푸른은 어쩔 수 없이 주사위를 받았다. 하지만 이번에는 대충 던지지 않고 두 손으로 주사위를 꼭 쥐고 기를 모았다가 던졌다. 이왕 미션을 해야 한다면 자신과 상대방 모두에게 즐거운 이벤트가 될 수 있는 것이 나왔으면 했다.

6과 1. 7이었다. 말이 일곱 칸 앞으로 가고 칸이 뒤집혔다.

🂠 **함께 영화 보기.**

푸른은 두 눈을 꼭 감고 심호흡을 몇 번 한 뒤 구슬에게 메시지를 보냈다.

─구슬 님, 이번 주말에 같이 영화 보실래요? 아이디어 회의도 할 겸.

"웬일이야? 안 꾸물거리고 바로 연락했네?"

뻐꾸기가 푸른이 보낸 메시지를 보고 의외라는 듯 말했다.

"나 그 사람이 정말 좋아. 진짜 잘해보고 싶어."

"걸리는 게 많은 거 아니었어? 회사 동료에, 그 사람이 여자를 좋아하는 사람인지도 모르고."

"이제 다 상관없어졌어. 난 좋아하니까 계속해볼래."

뻐꾸기가 흐뭇한 눈빛으로 푸른을 쳐다보았다. 푸른은 씻고 나와서 새로 온 메시지를 확인하고 빙그레 웃었다. 구슬에게 답장이 와 있었다.

— 영화 보는 거 좋아요! 전 집에 잘 들어왔어요. 좋은 밤 보내시고 내일 뵈어요.

거실 허공에 아직 보드게임 판이 떠 있었다. 반으로 갈라져 있던 두 조각의 지구가 붙어 있었다. 푸른은 그것을 발견하고 뻐꾸기에게 물었다.

"이게 무슨 뜻이야?"

"게임이 잘되어가고 있다는 거지."

"갈라졌던 지구가 붙었으면 게임 끝난 거 아닌가?"

푸른은 왠지 의기양양해져서 턱을 치켜들었다. 그러나 뻐꾸기는 그 꼴을 봐주지 않고 날개로 지구 모양의 물체를 한 대 쳤다. 지구는 곧바로 두 동강이 났다.

"무슨 짓이야! 겨우 붙었는데."

푸른은 두 동강이 난 지구를 다시 붙여보려 손을 뻗었다. 과연 될까 했는데

완벽하지는 않아도 두 조각이 다시 맞붙기는
했다. 하지만 손으로 만져보니 확실히
헐거워서 언제라도 떨어질 것 같았다.

"지금 너와 그 사람의 관계가 이런 거야.
붙은 것 같아 보이지만 툭 치기만 해도 쉽게
떨어져버리지."

"절대 안 떨어질 정도로 착 붙이려면
어떻게 해야 하는데?"

"게임에서 승리해야지. 이 게임의 결론은
두 가지뿐이야. 승리 아니면 실패. 해피엔딩
아니면 배드엔딩. 게임이 끝날 때는 둘 중
하나로 결론이 나 있을 거야."

"난 기필코 해피엔딩을 쟁취해내겠어!"

푸른이 주먹을 불끈 쥐었다. 이렇게
의지를 불태워본 것이 얼마 만인가 싶었다.
어쩌면 인생에서 처음 있는 일인 것도 같았다.
사랑에 관한 일로 한정한다면 정말 그랬다.

"좋아, 좋아. 보는 내가 다 가슴이 뛰네.

그런 태도면 충분히 승산이 있지. 나도 너도
이 마법에서 풀려나 자유를 찾는 거야.
파이팅!"

5

영화관에 갔던 날은 마치 데이트 같았다.
생각보다 어색하지도 않았다. "오늘 너무
즐거웠어요. 다음에 또 불러주세요." 그날
헤어질 때 구슬이 그렇게 말해서 푸른은
안심했다. 구슬은 불편한데 혼자만 즐거웠던
게 아닌가 해서 내심 마음을 졸이고 있었다.

그날 이후로도 푸른은 매일 주사위를
던졌다. 미션은 다양했다. 카페에서 차
마시기, 연극 보기, 공원 산책하기, 배드민턴
치기, 자전거 타기, 피크닉, 쇼핑……. 푸른은
보드게임 미션으로 나온 것들을 구슬에게
최대한 자연스럽게 제안하려고 무진 애를

썼다. 돗자리를 챙겨 출근한 다음, 구슬에게
슬쩍 다가가 날씨가 좋으니 점심에 회사
근처 공원에 가서 샌드위치를 먹으며 회의를
하자고 한 날도 있었다. 가방에서 돗자리를
꺼내는 푸른을 보고 구슬은 웃음을 터트렸다.
"그런 것도 가지고 다니세요?" 푸른은
당황해서 거짓말을 해버렸다. "제가 소풍하는
걸 좋아해서 항상 가방에 넣고 다녀요."

　　구슬은 푸른이 조심스럽게 건네는
제안들을 한 번도 거절하지 않았다. "요새
두 분 친해지셨나 봐요?" 루미가 그런 말을
하기도 했다. "아무래도 같이 보드게임을
만들다 보니." 푸른은 대수롭지 않은 척
대답했지만 속으로는 왠지 뜨끔했다. 하지만
한편으로는 자신과 구슬이 누가 봐도 친해진
것 같아 보이나 싶어 기분이 좋기도 했다.

　　보드게임을 만드는 일도 순탄하게
흘러갔다. 콘셉트가 정해지고 나니

일사천리였다. 푸른은 재빠르게 기획서를
만들어서 팀원들에게 돌리고, 좋은
아이디어가 떠오르면 뭐든 말해달라고
부탁했다. 루미와 비광은 재밌는 기획이라며
황금 열쇠 카드에 들어갈 문구를 메일이나
메시지로 보내기도 하고, 자전거 타기 좋은
길을 조사한 자료를 건네주기도 했다.
점심시간이나 쉬는 시간에도 다들 즐거운 듯
아이디어를 던졌다.

　푸른은 자신의 업무가 아닌데도
열성적으로 아이디어를 이야기하고, 실무를
도와주려 나서는 팀원들을 보며 감동했다.
새삼 자신이 좋은 동료들과 일하고 있다는
것을 실감하는 시간이었다.

　푸른과 구슬은 매일 함께 회사에 남아
야근을 했다. 집에 같이 가는 것도 어느새
당연해졌다. 어느 날은 걸어가고, 어느 날은
자전거를 타고 갔다. 서로의 집 앞까지 같이

가는 날도 있었고, 당산역 근처에서 헤어지는 날도 있었다. 두 사람은 바쁜 와중에도 틈틈이 몸과 머리를 환기시킨다는 핑계로 밖으로 나가 공원을 산책하거나, 카페에서 커피를 마셨다. 미션으로 '배드민턴'이 나왔을 때는 이미 둘이 시간을 보내는 데에 꽤 익숙해진 후여서 어렵지 않게 미션을 통과할 수 있었다.

황금 열쇠 카드도 세 번이나 나왔다. 한 번은 '비가 옵니다' 카드가 나왔다. 다음에 나오는 야외 활동 미션이 취소되는 카드였다. 그 카드가 아니었다면 푸른은 어떻게 하면 구슬에게 크루즈 여행을 자연스럽게 제안할 수 있을지 고민하느라 머리가 터져버렸을 것이다. '복권 당첨' 카드가 나와서 10만 원을 획득한 적도 있었는데, 다음번 황금 열쇠 카드로 '새 옷을 사요'가 나와서 10만 원을 쓰기도 했다.

그러나 2주 하고도 나흘이 지나 한 판을

다 돌았는데도 게임이 끝나지 않자 푸른은 슬슬 초조해졌다. 회사 일을 하면서 매일 미션 수행을 하려니 체력적으로도 무리였다.

"나 더는 못 하겠어."

푸른은 침대에 쓰러져 베개에 얼굴을 파묻고 신음을 냈다.

"왜 그런 약한 소리를 해? 넌 할 수 있어. 오늘은 오늘의 주사위를 던져야지. 자, 얼른 일어나!"

뻐꾸기가 다가와서 푸른의 어깨를 날개로 슬슬 쓸었다. 푸른은 고개만 살짝 돌려 뻐꾸기에게 힘없이 대꾸했다.

"내 신조가 '산은 보는 것이지 오르는 것이 아니다'거든. 근데 오늘 등산을 했어. 온몸이 비명을 지르는 것 같아. 나 2주 동안 3킬로그램 빠진 거 알아? 오늘 1킬로그램 추가로 빠졌을 거야. 이러다 죽겠어."

"구슬 님과의 등산 데이트 즐겁지

않았어?"

"즐겁긴 즐거웠지."

푸른은 한숨을 쉬었다.

"그런데 게임이 끝날 기미가 안 보이잖아. 난 한 바퀴만 돌면 끝나는 건 줄 알았는데. 두 바퀴째인 건 그렇다고 쳐. 만약에 이번 판을 다 돌아도 게임이 안 끝나면? 대체 언제까지 이 게임을 계속해야 하는 건데?"

"나도 잘 몰라."

뻐꾸기가 시인했다.

"너도 모른다고? 그럼 누가 알아?"

"사실 나도 한 바퀴만 돌면 게임이 끝날 줄 알았어. 이 게임에서 탈출하는 방법은 네가 찾아야 하는 것 같아. 미안해."

푸른은 시무룩해진 뻐꾸기를 보고 마음이 약해졌다.

"네가 왜 미안해. 게임을 하는 건 나니까 내가 방법을 찾는 게 당연하지. 걱정하지 마.

내가 잘해볼게."

"그럼 주사위 던질 거야?"

뻐꾸기가 슬쩍 주사위를 건넸다.

"던지긴 던질 건데 왠지 얄밉다?"

푸른은 뻐꾸기에게 눈을 흘기며 주사위를 받아 던졌다. 이제는 제법 주사위를 던지는 폼이 익숙했다. 이번에 나온 숫자는 2와 5. 7이었다.

🃏 집에 초대하기.

푸른은 뒤집힌 칸에 적힌 미션을 보고 꺅 소리를 질렀다.

"이번 미션 난이도 왜 이래? 갑자기 집에 초대를 하라고?"

"둘이 꽤 친해졌잖아. 집에 초대할 만한 그럴싸한 이유를 만들어내면 되지."

"집에 초대할 만한 그럴싸한 이유가 대체

뭔데?”

"그건 네가 생각해야지. 게임을 하는 건 너니까 네가 방법을 찾는 게 당연하다고 네가 말했잖아.”

뻐꾸기는 그렇게 말하고는 시계 안으로 쏙 들어가버렸다.

"얄미워, 정말.”

푸른은 뻐꾸기시계를 쳐다보며 중얼거리고는 구슬을 자연스럽게 집에 초대할 명분을 고안해내려 머리를 쥐어뜯었다. 그러나 이럴 때는 가만히 앉아서 고민한다고 좋은 생각이 떠오르지 않는다. 푸른은 수첩을 펴고 새 페이지에 '어떻게 하면 구슬 님을 우리 집에 초대할 수 있을까?'라고 썼다. 이상한 보드게임에 휘말리게 된 후로 푸른은 매일 수첩에 주사위를 던져서 나온 지령을 적고, 지령을 수행할 방법을 이것저것 끄적이며 고민하고는 했다. 지령을 수행하고 나면 구슬과 어떤 시간을 보냈는지 길게 적는 대신, 그날 기억에 남는 것들을 그림으로 그리고 오늘 무엇을 했다든지 어떤 기분이었다든지를 한두 문장으로만 간단히 썼다. 처음에는 무슨 일이 있었는지 기록해두면 좋을 것 같아 쓰기 시작한 것이었지만, 구슬과 함께한 시간이 쌓이면서 이제는 이 수첩이 소중한 다이어리가 됐다.

머릿속은 여전히 백지였다. 푸른은 페이지 위에 써놓았던 말을 펜으로 그어서 지우고, 그 아래에 '구슬 님과 산에 갔던 날'이라고 새로 썼다. 그리고 오늘 구슬과 올라갔던 산을 그리고, 구슬과 본 낙엽과 도토리, 나누어 먹은 귤과 초콜릿, 산에서 내려와서 함께 먹은 빈대떡과 막걸리도 그렸다. '힘들었지만 재밌었다!' 그림 아래에 그렇게 쓰고 나서 푸른은 구슬에 대한 생각에 빠져들었다. 구슬은 산을 잘 올랐다. 산에서 구슬은 사무실에 있을 때보다 활기 있어 보였다. 푸른은 자신이 무슨 말을 했을 때 구슬이 크게 웃었던 것을 떠올리고 미소 지었다. 무슨 말을 해서 구슬이 웃었는지는 기억나지 않았다. 그 순간의 구슬의 얼굴과 웃음소리만 아직 눈앞에 있는 듯 생생했다. '자꾸 좋아져서 정말 어떡해.' 푸른은 페이지 구석의 남은 공간에 그렇게 쓰고, 세우고 앉아 있던 무릎에 얼굴을 파묻었다. "당신이 정말 좋아." 중얼거리고는 자신의 마음이 그 말로 가득 차서 울리는 것을 느꼈다. '당신이 좋아. 정말, 정말로. 당신이 너무 좋아.' 더 이상은 아무것도 할 수 없었다. 푸른은 가만히 누워 구슬을 떠올렸다. 사랑이 편안한 적은 처음이었다. 도망치고 싶다는 생각이 들지 않는 사랑은 처음이었다. 그저 더 다가가고 싶기만 했다. 더 가까이. 구슬의 곁에 있고 싶다는 생각만 들었다. 지금 이 순간 푸른은 구슬을 그리워하고 있었다. 사랑하고 있었다.

결국 핑계를 생각해내지 못하고 잠이
들었다. 먼 곳에서 아름다운 음악이 들려왔다.
한참 후에야 푸른은 그 음악이 휴대폰
알람이라는 것을 깨달았다. 간신히 눈을
떠보니 머리가 멍하고 팔다리가 무거웠다.
'출근해야 하는데' 생각하며 일어나려 했지만
몸이 마음대로 움직이지 않았다.

"아무래도 안 되겠네."

푸른은 고민하다가 편집장에게 전화를
했다.

"네, 저 푸른인데요. 아침에 일어나니
몸살이 세게 걸린 것 같아서요. 오늘 월차
써도 될까요?"

"월차는 푸른 씨 권리인데 내 허락받을
필요 없어요. 푹 쉬고 내일 봐요. 이번 월차는
제가 사내 시스템으로 처리할게요."

편집장은 간단히 말하고 전화를 끊었다.

통화를 마친 뒤 푸른은 기절하듯 다시 잠에 빠졌다. 의식이 멀어졌다 가까워지기를 반복했다. 정신을 차렸을 때는 벌써 오후 3시가 지나 있었다. 푸른은 연락이 온 것이 있는지 확인하려 휴대폰을 봤다. 구슬에게 메시지가 와 있었다.

— (A.M. 11:23) 푸른 님, 아프시다면서요? 괜찮으세요?

— (P.M. 2:10) 몸이 많이 안 좋으신가 봐요ㅠㅠ 자고 계실까요? 일어나시면 답장 주세요.

아픈 와중인데도 구슬에게 메시지가 온 것을 보니 기분이 좋았다. 푸른은 천천히 손가락을 두드려 답장을 썼다.

— 구슬 님, 저 계속 자다가 이제 정신 차렸어요.

메시지를 보내자마자 바로 답이 왔다.

— 헉. 진짜 많이 아프신가 보다.

뭐라고 말할지 고민하고 있는데, 구슬이 다시 메시지를 보내왔다.

— 혹시 괜찮으시면 제가 퇴근하고 잠깐 푸른 님 댁으로 가도 될까요? 약이랑 먹을 것 좀 가져다드리고 싶어서요.

푸른은 그 메시지를 보자마자 아픈 것이 다 나은 듯 날아갈 것 같은 기분으로 답장을 했다.

— 저야 감사하죠. 그럼 좀 더 자고
있을게요. 오실 때 전화 주세요.

몇 시쯤 올까? 푸른은 구슬이 올 시간을
대충 계산하고는 방 안을 둘러보았다. 손님이
온다고 생각하니 집이 엉망인 것 같았다.
요즘 회사 일에 매일 보드게임 미션 수행까지
하느라 여러모로 정신이 없어서 청소를 미룬
지가 한 달은 넘었다.

'구슬 님이 방까지 들어올 일은 없지
않을까?'

그래도 혹시나 하는 마음에 주섬주섬
정리를 시작했다. 옷이 땀으로 흠뻑 젖어서
샤워도 해야 했다.

'파운데이션이라도 바를까?'

푸른은 샤워를 하러 들어갔다가 거울에
비친 자신의 초췌한 모습을 보고 생각했다.

'부엌도 치워야 하는데.'

샤워를 하고 부엌까지 정리하고 나니
밖이 어두워지고 있었다.

"내가 또 너무 앞서 나갔나?"

푸른은 화장실에서 립밤을 바르며
혼잣말을 했다. 너무 신경 쓴 것 같아 보일까
봐 파운데이션은 건너뛰기로 했다.

"뭘 앞서 나가?"

뒤에서 말소리가 들려서 푸른은 화들짝
놀라 돌아보았다. 열린 화장실 문 너머로
뻐꾸기가 천천히 날아오고 있는 모습이
보였다.

"아, 깜짝이야. 그렇게 불쑥불쑥 나타나지
좀 마."

"그럼 뭐 내가 뻐꾹뻐꾹 울면서
나오기라도 해야 돼?"

뻐꾸기가 화장실 앞에 있는 사다리형
책장 위에 앉아서 말했다. 푸른은 뻐꾸기의
말을 듣고 한숨을 푹 쉬었다.

"이제 조금 있으면 구슬 님 올 거란 말이야. 얼른 들어가 있어!"

"그 친구가 온다고? 정말이야? 솔직히 이번에는 실패할 것 같아서 영원히 시계 안에 갇히게 되는 건가 걱정하고 있었는데, 대단해 정말."

뻐꾸기가 날개를 퍼덕이며 기뻐했다. 푸른은 그제야 '앗' 하고 깨달았다. 의도치 않게 집 초대하기 미션을 수행한 것이다.

"구슬 님이 먼저 우리 집에 와도 되냐고 안 물어봤으면 나 내일도 집에서 못 나갈 뻔했네?"

"구슬 님이 먼저 온다고 한 거야?"

"응."

"대단하네. 오늘 무슨 일 나겠는데?"

"무슨 일은 무슨. 그냥 내가 아파서 회사에 못 갈 정도라고 하니까 걱정되어서 약이랑 먹을 것 좀 챙겨 주신다는 거야. 단순 문병."

"넌 회사 동료한테 단순 문병을 가?"

"우린 그냥 회사 동료가 아니라 친한 동료니까. 그럴 수도 있지."

"오, 친한 동료 사이는 집까지 찾아와서 약이랑 먹을 걸 줄 수도 있는 거구나."

뻐꾸기가 고개를 까닥거렸다.

"그만해! 나 진짜 김칫국 마시기 싫어. 구슬 님이 친절하기도 하고, 요즘 우리가 좀 친해지기도 했고, 집도 가까우니까 퇴근길에 가볍게 들르는 느낌으로 오시는 걸 거야."

"김칫국 마시기 싫은 게 아니라 상처받을까 봐 무서운 거겠지. 혼자 기대했다가 아니면 실망이 너무 클까 봐. 안 그래?"

푸른은 대답하려 했지만 뻐꾸기의 말에 정곡을 찔려서 입이 열리지 않았다. 그때 휴대폰이 울렸다. 구슬이었다.

"푸른 님, 저 집 앞이에요."

"벌써 오셨어요? 잠깐 올라오실래요?
제가 지금 잠옷을 입고 있는데 갈아입으려면
시간이 좀 걸릴 것 같아서요."

푸른은 허둥대며 말했다. 잠옷 핑계도
거짓은 아니었지만, 구슬이 집 앞에서 줄
것만 주고 가버리면 너무 아쉬울 것 같았다.
그것보다는 조금 더 보고 싶었다. 오후 내내
구슬이 오기를 기다렸으니까.

"그게 낫겠네요. 밖이 추워서 바람 쐬시면
안 좋을 것 같아요. 제가 올라갈게요."

전화를 끊은 뒤 푸른은 초조해서 부엌
안을 서성거렸다.

"지금 오는 거야?"

뻐꾸기가 흥분한 목소리로 물었다.

"그래, 지금 계단 올라오고 계실 거야.
얼른 들어가 있어! 구슬 님이 널 보면 어떡해."

"어떡하긴 뭘 어떡해. 키우는 뻐꾸기라고
하면 되지."

"누가 집 안에서 뻐꾸기를 키우냐?"

"〈동물농장〉 본 적 없어? 집 안에서
뻐꾸기랑 같이 사는 사람들 많거든?"

옥신각신하는 사이 초인종 소리가 들렸다.
푸른은 놀라서 뻐꾸기에게 얼른 들어가라는
손짓을 하고 뻐꾸기가 방으로 들어간 뒤에
현관문을 열었다.

"안에 누가 계세요?"

구슬이 물었다.

"아뇨, 누가 있긴요. 저 혼자 사는 집인데
저만 있죠."

푸른은 진땀이 나서 손부채질을 하며
말했다.

"열나서 더우신가 봐요."

"네, 맞아요. 덥네요."

"많이 안 좋으신 거면 이것만 드리고
가볼게요. 약이랑 죽 사 왔어요."

구슬이 걱정 어린 표정으로 약봉지와

죽집 쇼핑백을 내밀었다.

"들어왔다가 가시면 안 될까요? 이렇게 가시면 제가 너무 아쉬워서요."

구슬이 바로 가버릴까 하는 급한 마음에 솔직한 말이 나왔다. 구슬은 푸른의 말을 듣고 미소를 지었다.

"그럼 잠깐 실례하겠습니다. 근데 귀여운 잠옷을 입으셨네요?"

푸른은 구슬을 보고 긴장해서 자신이 잠옷을 입고 있다는 걸 잠시 잊고 있었다. 오늘도 테디베어 잠옷을 입었다. 푸른에게는 테디베어 잠옷이 색깔별로 다섯 벌이나 있었다. 분홍, 노랑, 파랑, 초록, 갈색. 오늘은 초록색 테디베어 잠옷을 입고 있다가 샤워를 하고 나서 노란색 테디베어 잠옷으로 갈아입었다. '잠옷 말고 티셔츠랑 바지로 갈아입을걸.' 푸른은 후회하면서 부끄러운 듯 웃었다.

"제가 제일 좋아하는 잠옷이에요.
갈아입고 나올게요. 잠시만요."

"아니에요. 몸도 안 좋으신데. 저 금방 갈
거예요. 그냥 입고 계세요. 귀여워요."

"오래 계셔도 되는데."

푸른의 말에 구슬이 또 미소를 지었다.

"오래 있어도 되나요?"

"당연하죠. 3시까지 잤더니 몸이
개운해져서 이제 심심하던 차였어요. 저녁
같이 먹고 가주세요. 죽은 무슨 죽이에요?"

"야채죽인데 괜찮으세요?"

"야채죽 속 편하고 좋죠. 잘됐어요. 같이
드실 거죠?"

구슬이 고개를 끄덕였다. 푸른은 기분이
좋아져서 부엌 찬장에서 그릇을 두 개 꺼내
구슬이 사 온 죽을 나눠 담았다. 구슬이 집에
와서 자신이 들떴다는 걸 스스로도 느끼고
있었다.

"어제 산에 갔던 게 역시 힘드셨나 봐요."

구슬이 푸른이 식탁에 내려놓은 죽을 한 숟가락 뜨려다가 말했다.

"제가 원래 산보다 바다를 좋아해서 등산을 하는 일이 거의 없거든요. 사실 어제 구슬 님이랑 산에 올라간 게 대학 졸업 이후로 처음 해보는 등산이었어요. 대학 때도 교수님이 수업하다가 날씨가 좋다며 다 같이 산에 오르자고 해서 어쩔 수 없이 올라갔던 거였고요. 그때도 너무 힘들어서 다신 등산 안 하겠다고 굳게 다짐했었는데."

구슬이 집에 왔다는 설렘 때문에 푸른은 말이 많아졌다. 구슬은 푸른의 말을 듣고 있다가 웃는 얼굴로 물었다.

"등산 안 하겠다고 굳게 다짐하셨는데 어제는 왜 갑자기 저한테 산에 같이 가자고 하신 거예요?"

"제가 원래 충동적인 성격이어서요. 어제

일어나 보니까 날씨가 너무 좋더라고요. 요즘
단풍철이라 한번 보러 가고 싶기도 했었고요."

　푸른은 당황하며 생각해둔 핑계를 읊었다.
좋은 핑계라고 생각했는데 막상 말하려니
지어낸 말이라는 게 너무 티가 나는 것
같았다.

　"충동적이시라는 거 제가 잘 알죠. 요즘
매일 저한테 뭐 같이 하자고 하시잖아요.
그것도 아침이나 밤에 갑자기. 저희가 그렇게
갑자기 하게 된 게 뭐 뭐 있었죠? 지금 당장
떠오르는 것만 해도 연극 같이 보러 갔었고,
배드민턴 치고, 한강에 소풍까지 갔었잖아요.
갑자기 샌드위치 사서 소풍하자고 하셔서
얼마나 당황했는데요."

　푸른은 구슬의 말을 듣고 얼굴이
빨개졌다.

　"당황하셨구나! 전 꽤 자연스러웠다고
생각했는데."

"돗자리까지 챙겨 오셨잖아요."

"그건 제가 항상 가지고 다니는
돗자리……."

푸른은 말끝을 흐렸다. 구슬이 전혀 믿지
못하겠다는 표정을 짓고 있어서였다. 웃는
얼굴이었지만 눈빛에서 거짓말을 할 테면
해보라는 뜻이 느껴졌다. 푸른은 무슨 말을
할까 망설이다가 떠오르는 질문을 건네보기로
했다.

"구슬 님은 제가 자꾸 뭐 하자고 하는 거
안 부담스러우세요?"

"전 푸른 님이 요즘에 이것저것 하자고
하셔서 즐거워요. 저는 취미도 없고 뭘 하고
놀면 재밌는지도 잘 몰라서 쉬는 날에도 그냥
'심심하다' 생각하면서 누워만 있을 때가
많거든요. 근데 푸른 님이랑 하면 이상하게
뭐든 재밌어요. 푸른 님은요?"

"저도 너무 즐겁고 재밌어요. 전 원래

친해지고 싶은 사람이 있어도 잘 못 다가가요. 방법도 모르겠고 저 혼자 마음이 앞서서 섣불리 다가갔다가 상대방이 싫어할까 봐 걱정되기도 하고요. 아니, 실은 상대방이 싫을까 봐서라기보다는 제가 상처받는 게 많이 두려운 것 같아요. 그런데 구슬 님한테는 그냥 이런저런 생각 안 하고 다가가고 싶었어요."

"왜요?"

구슬의 얼굴에서 웃음기가 지워졌다. 푸른도 더 이상 예의 바른 미소를 띠고 있을 수가 없어졌다. 방금 얼굴에서 사회인으로서의 가면이 떨어져 나갔다.

"좋아하니까요. 너무 좋아해서요."

"저를 좋아하신다고요?"

구슬은 전혀 예상하지 못했다는 듯 얼떨떨한 표정이었다.

"제가 이런 말을 드리는 것 자체가

부담스러울 수 있다는 거 알아요. 제가
좋아하니까 받아달라거나 뭘 어쩌자고
말하려는 것도 아니에요. 그냥 이번엔
도망치고 싶지 않았어요. 오늘 이렇게
고백하게 될 줄은 몰랐지만요. 구슬 님이 너무
부담 느끼시지 않게 적절한 때에 말씀드리고
싶었는데, 결국 이렇게 됐네요. 죄송해요.”

　　말을 하면 할수록 마음이 무거워져서
푸른은 고개를 숙였다.

　　“일단 저 화장실 잠깐만 다녀와도
될까요?”

　　구슬이 알 수 없는 표정으로 말했다.
난처하거나 불쾌한 빛은 없었다. 기분이
좋은지 싫은지 드러나지 않는 무표정에
가까웠다. 푸른은 물론 그러셔도 된다고
대답하려고 입을 열었지만 너무 긴장해서
목소리가 나오지 않았다. 구슬은 듣지 않고도
푸른의 뜻을 알아들은 듯 자리에서 일어나

화장실로 들어갔다.

푸른도 의자에서 일어났다. 가슴이 너무
두근거려서 그 자리에 그대로 앉아 있을
수가 없었다. 푸른은 구슬이 화장실에서 나올
때까지 정신을 차리려고 잠시 방으로 들어가
마음을 진정시키기로 했다.

"이푸른! 너 한다면 하는 애였구나?
고백을 하다니 미친 거 아니야?"

"역시 고백하는 건 아니었지? 나 어떻게
해. 내일부터 구슬 님 얼굴 어떻게 봐?
순간 마음이 너무 커져서 입 밖으로 터져
나와버렸어. 내가 다 망친 것 같아."

"아니야. 이것 좀 봐."

뻐꾸기가 푸른의 뒤쪽을 가리켰다. 그제야
침대 위에 둥둥 떠 있는 보드게임 판이 푸른의
눈에 들어왔다.

"뭘 보라는 거야?"

"가까이 가서 봐봐. 지구가 붙어 있어."

"지구가 붙어 있는 게 하루 이틀인가 뭐.
또 떨어지겠지."

푸른은 기운 없이 중얼거리며 침대 위로
올라가 보드게임 판을 들여다봤다. 그런데
지구가 오늘은 좀 달랐다. 평소보다 견고하게
붙어 있는 느낌이었다. 푸른은 지구를
만져보았다. 다른 때라면 손을 대기가 무섭게
떨어지던 지구가 오늘은 힘을 줘서 떼려고
해도 떨어지지 않았다.

"뭐야, 이거? 어떻게 된 거지?"

"나도 잘은 모르겠지만 고백이 역효과를
일으키지는 않은 것 같아. 잘했어. 이대로만
가면 게임에서 탈출하는 것도 시간문제야.
아예 지금 주사위를 던져보자."

"지금?"

"그래, 어젯밤 10시에 주사위를 던져서
집 초대하기가 나왔잖아. 이제 자정이
지났으니까 하루가 넘어간 거고, 집 초대하기

미션도 성공한 셈이니 지금 던져도 되지."

"그런 얘기를 하는 게 아니잖아. 지금 밖에
구슬 님이 있는데. 나 이제 나가야 돼."

"지금 뭔가 예감이 좋단 말이야. 굳히기에
들어가야지. 주사위 한 번만 던지고 나가. 응?
제발. 부탁이야."

푸른은 뻐꾸기의 간청에 져서 침대
위에서 주사위를 던졌다. 침대 위를 굴러간 두
개의 주사위는 각각 4와 6이 나왔다.

"오, 10이다! 앞으로 꽤 많이 가겠네?"

푸른의 말이 열 칸을 나아가고 분홍색
칸이 뒤집혔다.

 고백하기.

"뭐야, 방금 한 거잖아."

뻐꾸기가 말하기 무섭게 모든 칸이
뒤집히며 폭죽이 터졌다.

"칸에 뭐가 깨알같이 쓰여 있는데 난 눈이 나빠서 안 보여. 네가 좀 읽어 봐."

푸른은 보드게임 판으로 가까이 다가가 칸에 쓰여 있는 작은 글씨를 읽었다.

"히든 미션에 당첨되었습니다. 이 칸에 적힌 미션을 수행하면 칸 안에 숨겨져 있던 지령들이 모두 드러납니다."

뻐꾸기는 푸른이 읽은 내용을 듣고 좋아서 방 안을 날아다녔다.

"이렇게 운이 좋을 수가 있나! 딱 맞춰 미션 수행을 했네? 봐, 칸이 전부 뒤집혀서 지령들이 다 보여. 이러면 게임이 훨씬 수월해지지. 잘됐다, 잘됐어. 아주 행운이야."

하지만 푸른은 뻐꾸기처럼 좋아하고 있을 수만은 없었다. 밖에 있을 구슬이 신경 쓰였다. '바깥이 조용하네. 화장실에서 아직 안 나오셨나?' 푸른은 방에서 나와 집 안을 살폈다. 화장실 문은 열려 있었고, 불도 꺼져 있었다. 부엌에도 구슬은 없었다. 푸른은 두리번대다가 구슬의 가방이 없어졌다는 걸 알아차렸다. 바로 전화를 걸어보았지만 구슬은 받지 않았다. 푸른은 걱정이 되어 메시지를 보내려다가 멈칫했다.

'내가 갑자기 고백하니까 너무 부담스러워서 집에 가신 거 아닐까? 그러면 연락도 부담스러울 수 있어. 일단 아무것도 하지 말자.'

만약 그런 게 아니라면 부재중 전화를 보고 연락을 할 것 같았다. 푸른은 혹시나 해서 늦은 새벽까지 휴대폰을 손에 쥐고 구슬의 연락을 기다렸지만, 구슬에게서는 밤새 아무런 연락도 없었다.

6

'이대로 게임이 끝나는 걸까?'

뻐꾸기는 나무집 안에서 생각했다. 푸른이 주사위를 던지지 않은 지 일주일이 넘었다. 구슬에게 고백한 그날 이후 푸른은 매일 집에 들어오면 죽은 듯이 잠만 잤다. 끼니도 제대로 챙기지 않아서 매번 편의점에서 사 온 컵라면이나 삼각김밥, 빵 같은 것으로 대충 때웠다. 토요일이던 어제도, 일요일인 오늘도 마찬가지였다.

"저러다 큰일 나겠네. 사랑이라는 게 대체 무엇인지."

뻐꾸기는 문틈 사이로 푸른을 보며 중얼거렸다. 해가 졌는지 어느새 방 안이 캄캄해져 있었다. 어둠 속에서 뻐꾸기시계의 나무집 문이 열렸다. 뻐꾸기는 열린 문 밖으로 날아서 푸른의 베개 옆에 착지했다.

"이봐, 이푸른. 일어나지? 하루 종일 잠만 자냐?"

"나 안 자거든?"

푸른이 베개에 파묻고 있던 고개를
옆으로 돌려 코가 꽉 막힌 목소리로 말했다.
베개가 눈물로 흠뻑 젖어 있었다.

"아주 루돌프 납셨네. 코가 빨개져서는.
너 언제까지 이렇게 맨날 질질 짜고만 있을
거야? 게임은 언제까지 내팽개쳐둘 건데?"

푸른은 게임이라는 말에 진저리를 치며
일어나 앉았다.

"이제 내 앞에서 게임이라는 말 꺼내지도
마. 사랑의 보드게임인가 뭔가 하는 그걸
만들고 지켜보는 게 누군지는 모르겠지만, 나
이제 안 해. 누군지도 모를 것들의 게임 말
노릇 안 할 거라고."

그러나 뻐꾸기에게는 푸른의 말이 씨알도
안 먹혔다.

"네 의지와 상관없이 하게 된 게임인
건 나도 인정해. 하지만 중간부터는 너도
의욕을 보였잖아. 네가 지금 투정 부리는 건

게임 때문이 아니라 고백이 안 받아들여져서
그런 거 아니야? 이왕 이렇게 된 거 실패하든
성공하든 게임을 끝까지 마쳐. 한 번
거절당했다고 다 시든 배춧속같이 되어서는.
얼른 침대에서 나와 세수라도 하고, 밥도 챙겨
먹어 좀!"

"내 생각 해주는 건 고마운데 내일 출근
전까지는 그냥 이렇게 있을래."

푸른은 다시 베개에 엎어졌다.

"어차피 마지막 미션은 수행한 거라 갇혀
있는 것도 아니고, 주사위 던져봤자 지금
뭘 할 수 있겠어. 나 회사 가면 구슬 님하고
한마디도 안 해. 인사도 못 한다고. 근데 미션
수행? 말도 안 되는 소리야."

푸른이 고백한 그다음 날부터 구슬은
태도가 냉랭해져서 푸른이 말을 걸어도 짧은
대답만 했다. 그러다 아예 필요한 것이 있으면
이메일로 정리해서 달라고 선을 그었다.

쓸데없이 말을 걸지 말라는 뜻이었다. 그러니 푸른은 감히 다시 구슬에게 다가갈 수 없었다.

"그럼 이대로 영원히 게임에 갇힌 채로 살겠다고?"

"갇히다니? 나 어디든 갈 수 있는데?"

"겉으로 보기엔 그렇지만 넌 아직 갇혀 있어. 나도 그렇고. 우리만 갇힌 게 아니라 네가 좋아하는 그 사람도 같이 갇힌 거나 다름없어. 어쨌든 이 게임에 휘말려 버렸으니까."

푸른은 구슬도 같이 휘말려 있다는 이야기에 가슴이 철렁해서 눈을 크게 떴다.

"이대로 계속 게임에 갇혀 있으면 어떻게 되는 건데? 무슨 큰일이 생기는 거야? 수명이 줄어든다거나 그래?"

뻐꾸기는 고개를 저었다.

"아니, 그런 건 아니야. 다만 찜찜한 기분으로 살게 되지."

"고작 그거야?"

"고작 '그게' 아니야. 어떤 일을 해결하지 않고 그만둬서 평생 찜찜한 기분으로 산다는 게 어떤 건지 넌 몰라. 너만 그런 게 아니라 그 사람도 평생 어디 갇힌 줄도 모르고 갇혀서 어딘지 찜찜한 기분으로 살게 될 거야. 너랑 똑 닮은 말은 영원히 판에서 나가지 못하고 칸들 가운데에 서 있게 될 거고. 주사위 몇 번만 던지면 모두가 자유로워질 수 있어. 하든 안 하든 네 선택이지만 그건 알아두라고. 네 손에 뭐가 달려 있는 건지."

푸른은 뻐꾸기의 말을 듣고 고민하다가 입을 열었다.

"실패하려면 어떻게 해야 돼?"

"뭐?"

"성공이든 실패든 게임을 끝내기만 하면 된다는 거잖아. 난 이미 실패했어. 보드게임도 실패로 종료해야지. 주사위 줘. 던질게."

"그런 못난 마음으로 게임을 하겠다고?
차라리 관둬!"

뻐꾸기는 푸른이 못마땅해서 날개를
퍼덕이며 돌아앉았다.

"게임을 끝내기만 하면 된다며. 얼른
주사위 줘. 근데 어떤 미션이 나오든 어차피
거절당할 텐데 그건 괜찮은 거야? 아니면
그래도 영원히 게임에 갇히게 되나? 것도
괜찮겠다. 그냥 이 방에 갇혀서 이참에 회사도
잘리고 백수로 지내보지 뭐."

"아우, 속 터져. 옛다, 주사위 줄 테니까
던지든 말든 네 맘대로 해."

뻐꾸기가 날개를 휘두르자 주사위 두
개와 보드게임 판이 침대 위 허공에 나타났다.
지구는 그날 이후로 조금씩 금이 가더니
결국은 산산조각이 났다. 지난 일주일간
푸른은 무기력해져 있었다. 회사에서 구슬의
냉랭한 얼굴을 보는 게 괴로웠다. 구슬을 더

불편하게 만들까 봐 아무것도 할 수 없는 것도 고통스러웠다. 엉망진창 취해버리고 싶은 날도 있었지만 10주년 특집호 마감이 바빠 정신을 놓을 수도 없었다. 회사까지 걸어서 출퇴근하는 것도 그만두었다. 걷다 보면 생각이 너무 많아졌다. 푸른은 매일 아침 사람들로 꽉 찬 버스에 몸을 끼워 넣고 자신을 운반되는 짐짝이라고 상상하며 출근했다. 하지만 아무 생각을 하지 않으려 해도 구슬과 함께 보냈던 시간들이 자꾸 떠올랐다. 뻐꾸기의 말을 듣고 보니 지난 며칠간은 정말 어딘가에 갇힌 기분이었던 것 같았다.

'만약 이런 기분이 드는 게 게임을 끝내지 않아서라면……'

영원히 지금 같은 기분에 갇혀 있을 수도 있다고 생각하니 끔찍했다. 지금의 상태에서 하루라도 빨리 벗어나고 싶었다. 푸른은 손을 들어 허공에 떠 있는 주사위를 쥐었다.

주사위는 다른 때처럼 손안으로 착 들어왔다.

3과 6. 9였다.

황금 열쇠 카드.

푸른은 더미 맨 위에 있는 카드를
뒤집었다.

"세레나데. 사랑하는 연인의 창가
아래에서 로맨틱한 노래를 부르는 아름다운
전통을 실행하세요. 연인이 세레나데에
박수를 치면 엔딩 로드가 열립니다."

지금 이 상황에 세레나데라니. 푸른은
카드 뒷면에 쓰인 내용을 다 읽고 얼굴이
파랗게 질렸다.

"엔딩 로드는 또 뭐야?"

뻐꾸기는 관심이 동했는지 푸른의 곁으로
돌아와 푸른이 손에 든 황금 열쇠 카드를
기웃거렸다.

"오호, 진짜 끝이 보이는군. 엔딩 로드가
열리면 정말 탈출이 코앞인 거야. 엔딩 로드가

뭔지는 네가 직접 네 눈으로 확인해봐."

"저기, 있지. 고백을 거절한 사람이 집
앞 창가에 나타나서 노래 부르는 걸 요즘
사람들이 뭐라고 하는지 알아?"

"낭만적인 두 번째 구애?"

"아니, 구애는 무슨. 요즘엔 그런 걸
스토킹이라고 불러. 옛날에 그러는 것도
스토킹이었지만 남자들이 낭만적인 구애라고
포장했지. 열 번 찍어 안 넘어가는 나무는
없다 어쩌니 하면서. 난 그런 징그러운 짓 못
해. 안 해. 스토커가 될 수는 없다고!"

뻐꾸기는 체념한 듯 기운이 다 빠져서
시계를 향해 비틀비틀 날아갔다. 뻐꾸기가
그렇게 기운이 빠진 건 처음 보는 것 같았다.
푸른은 그런 뻐꾸기가 안쓰러웠지만 그렇다고
구슬의 집으로 찾아가 노래를 부르겠다고 할
수도 없었다.

7

그 주의 화요일 오후, 두 사람은 함께 인쇄소에 다녀왔다. 한동안은 그렇게 같이 다닐 일들이 있었다. 카드와 말은 인쇄소에, 박스와 보드 판은 공장에 맡겼다. 처음에 푸른은 구슬과 함께 다니는 것이 긴장되어서 속이 울렁거리고 머리가 어지럽기까지 했지만, 두세 번째부터는 훨씬 나아졌다.

두 사람은 같이 다니면서도 서로 필요한 말만 했다. 푸른은 자신이 질척거리지 않는 것이 구슬에 대한 최대한의 존중이라고 생각해서 쓸데없는 말을 하지 않으려 애썼지만, 구슬을 차갑게 대할 수는 없었다. 구슬은 어떤 날은 날이 서 있고, 어떤 날은 예전처럼 친절했다. 푸른은 구슬의 마음을 알 수 없어 더욱 조심스럽게 행동하게 됐다.

그러는 사이 계절이 변했다. 푸른은

크리스마스 장식으로 화려해진 거리를 보며 시간이 약이라는 것을 실감했다. 특집호 기사를 쓰는 동시에 보드게임을 만든다고 인쇄소며 공장을 뛰어다니려니 시간이 절대적으로 부족해서 양쪽 다 펑크가 나는 것이 아닌가 울고 싶었던 순간도 많았는데, 결국은 무사히 마감을 해냈다. 구슬을 대하는 것도 한 달 전보다는 편해졌다. 구슬도 이제 날이 서 있지 않았다. 가끔은 사이가 가까웠던 예전으로 돌아간 것 같은 순간들도 있었다.

다음 주면 《캐치》 10주년 특집호와 특집호 기념품인 보드게임의 판매가 시작된다. 보드게임 이름도 정해졌다. 팀원들이 하나씩 아이디어를 내서 SNS 구독자를 대상으로 투표를 했는데, 푸른의 아이디어인 '캐치 벨로'가 가장 많은 표를 받았다. '캐치 벨로'는 1차 예약 구매 물량이

완판됐다. 판매 전에 미리 공개한 게임 상세 소개가 반응이 좋아 SNS에서 화제가 됐고, 자전거 출퇴근 인증 사진을 올리고 《캐치》를 태그하면 추첨해서 상품을 주는 이벤트도 인기가 많았다. 이벤트의 1등 상품은 자전거, 2등 상품은 자전거 용품, 3등 상품은 캐치 벨로였는데, 국내 자전거 회사와 컬래버 이벤트로 진행해서 상품으로 나가는 비용도 그리 들지 않았다.

대표는 캐치 벨로가 잘나가자 기분이 좋아져서 선뜻 법인카드를 꺼냈고, 크리스마스이브 전날인 23일 금요일에는 오후 5시에 전원 퇴근하라고 지시했다. 그게 그저께의 일이었다. 팀원들은 보드게임이 성공한 보상으로는 너무 소소하다고 뒷말을 했지만, 법인카드라도 펑펑 쓰자며 금요일에 함께 보드게임도 하고 저녁도 거하게 먹고 헤어지자는 데에 의견을 모았다.

그런데 막상 금요일 저녁이 되자 사무실 분위기가 요상했다. 루미도, 비광도 사무실에 남을 눈치가 아니었다.

"루미 님, 오늘 게임하고 가시는 거 아니었어요?"

푸른이 옆자리에서 코트를 챙겨 일어나는 루미에게 슬쩍 물었다.

"남자 친구가 오늘 일이 있어서 못 볼 것 같다고 했었는데, 방금 일이 취소됐다고 만날 수 있느냐고 연락이 와서요. 살짝 눈치는 채고 있긴 했는데 긴가민가했거든요."

"어떤 걸 긴가민가……?"

"깜짝 이벤트요. 오늘이 저희 만난 지 2주년이기도 해서. 하여튼 죄송해요! 전 사랑이 먼저라."

루미는 활짝 웃으며 다른 팀원들에게도 사과를 하고 손을 흔들며 사무실에서 나갔다.

"저도 가봐야 할 것 같습니다."

비광은 겸연쩍은 듯 뒤통수를 긁적였지만 이미 사무실 문 바로 앞에 서 있었다.

"비광 님은 왜요?"

"전 갑자기 소개팅이 잡혀서요."

비광은 흐흐 웃으며 사무실에서 나갔다. 푸른은 나가는 그를 망연히 바라볼 수밖에 없었다. 구슬도 이 상황이 당황스러운지 자리에 가만히 서 있다가 푸른을 한 번 보고는 의자에 걸쳐둔 패딩 점퍼를 집어 들고 말했다.

"다들 가셨네요. 저희도 갈까요?"

구슬이 패딩 점퍼를 입는 것을 본 순간 푸른은 마음이 다급해져서 한 손을 번쩍 들었다.

"저, 구슬 님!"

갑작스러운 푸른의 외침에 구슬은 깜짝 놀라 푸른을 쳐다보았다. 푸른은 자기도 모르게 큰 소리를 내고는 창피해져서 이번에는 작은 목소리로 말했다.

"저희 둘이서라도 하고 가면 안 될까요?
게임도 해보고 싶고, 법인카드도 있는데……."

구슬은 피식 웃고는 고개를 끄덕였다.

"네, 그럼 그렇게 하시죠."

방금 웃은 것은 좋은 신호일까? 아니면
너무 어처구니가 없어서 웃은 걸까? 푸른은
헷갈려 하며 보드게임을 챙겨 회의실로
들어갔다. 구슬도 바로 뒤따라왔다. 두 사람은
회의실 테이블에 앉아 캐치 벨로 박스를 열고
게임을 시작했다. 베트남 호이안, 대만 가오슝,
일본 교토, 인도네시아 길리, 노르웨이 오슬로,
네덜란드 암스테르담, 핀란드 헬싱키, 덴마크
코펜하겐, 영국 런던, 프랑스 파리, 미국
시카고, 제주와 서울과 부산. 카드 하나하나가
두 사람의 손을 거쳐 만들어졌다. 푸른은
카드에 들어갈 문구를 정리하고, 구슬은
디자인을 맡았지만 둘이서 혹은 팀원들과
함께 세세한 것들을 의논한 결과물이었다.

만드는 과정에서 팀원들과 테스트를 하느라
이미 여러 번 게임을 해봤는데 최종적으로
완성된 게임을 하는 것은 오늘이 처음이었다.

'다 같이 했으면 좋았을 텐데.'

푸른은 구슬과 단둘이 앉아 서먹한
분위기를 의식했다. 그러나 실은 이렇게라도
둘이 있을 시간이 생긴 것이 싫지만은 않았다.
한참 별말 없이 게임을 하던 중에 구슬의 말이
서울 칸으로 왔다. 캐치 벨로 게임은 돈 대신
'공로'로 점수가 매겨졌다. 시설을 지으면
공로 점수가 높아지는데, 도서관은 10점,
환경 연구소는 15점, 공원은 20점, 자전거
도로는 30점을 얻는다. 구슬은 벌써 서울에
세 번이나 와서 도서관, 환경 연구소, 공원을
지었다. 서울과 제주, 부산은 총 점수에 두
배를 얻는 것이라 이번에 구슬이 자전거
도로까지 지으면 승리 확정이었다. 아니, 그게
아니더라도 푸른이 구슬보다 공로 점수가

한참 뒤처졌다. 구슬은 주사위를 던지기만
하면 좋은 숫자가 나와서 흙탕물, 도로 공사,
맨홀 같은 장애물들을 척척 피하며 알짜배기
도시로만 갔다. 주사위 조종술이 있는 게
아닌지 의심이 갈 정도였다.

"자전거 도로 지으실 거예요?"

푸른이 구슬에게 조심스럽게 물었다.
불편한 사이가 아니었다면 "이번에는
웬만하면 패스해주시죠"라고 말했을 것이다.

"당연히 지어야죠."

구슬은 시원하게 말하고 종이로 된 손톱
크기만 한 자전거 도로 카드를 서울 칸 위에
놓았다.

"더 가보실래요? 어차피 제가 이긴 것
같긴 한데."

구슬이 의기양양하게 말했다. 구슬이
이렇게 활력 있어 보이는 건 오랜만이었다.
그동안에는 살인적인 마감 스케줄을 맞추느라

구슬 역시 다른 팀원들처럼 시들어가고
있었다. 이제 마감도 끝났고 보드게임도
무사히 나와서 후련해진 모양이었다. 구슬이
신난 모습을 보니 푸른도 기분이 좋았다.

"패배를 인정하겠습니다. 승리
축하드려요."

푸른은 카드를 내려놓고 작게 박수를
쳤다. 그리고 두 사람은 카드를 정리했다.
카드를 모아서 상자에 넣는 동안 푸른은
구슬에게 저녁을 먹으러 가자고 할지 말지를
고민했다.

"저녁 드셔야죠."

구슬이 상자 뚜껑을 덮으며 말했다.
푸른은 감사하다는 말이 툭 튀어나오려는
것을 간신히 참고 담담한 척 고개를 끄덕였다.
"네, 배고프네요. 드시고 싶은 거 있으세요?"

8

두 사람은 식사를 마치고 식당에서
나왔다. 저번, 야근을 하고 처음으로 함께
밥을 먹었던 그곳이었다. 푸른은 그날을
떠올리고 가슴이 뻐근해졌다. 그날만
해도 기분이 붕 뜨고 모든 일이 잘될 것만
같았는데. 이제 보드게임을 기한 내에
만들어야 한다는 무거운 압박감은 사라졌지만
구슬과의 관계가 그날보다도 어색해진 것이
새삼 슬펐다.

"오늘도 걸어가세요?"

구슬이 식당 앞에서 물었다. 이 역시
그날을 떠오르게 했다. 푸른은 가슴이 저린
것을 누르며 겨우 웃는 얼굴로 대답했다.

"네, 그러려고요."

푸른은 며칠 전 마감을 끝낸 후로 다시
걸어서 출퇴근하고 있었다. 다시 걷기

시작하니 회복되는 듯한 기분이 들었다. 고백을 거절당한 후 의기소침해 있었는데 그런 기분도 걸으면서 조금씩 떨쳐지는 것 같았다. 하지만 게임에 영원히 갇혀 있을 거라는 뻐꾸기의 말을 들어서인지 어딘가 계속 찜찜하긴 했다.

"이제 걷기엔 추울 텐데요."

구슬이 푸른을 쳐다보지 않고 앞쪽을 응시하며 중얼거리듯 말했다.

"자전거를 타기에도 추운 날씨 아닌가요?"

"자전거는 빠르잖아요. 걷는 것보다 세 배는 빨리 갈걸요?"

"그럼 저도 오늘은 자전거를 타고 가볼까요?"

"그러셔도 괜찮고요."

푸른과 구슬은 더 이상 아무 말도 하지 않고 따릉이 보관대로 가서 자전거를 꺼냈다. 푸른은 조금 서툴러서 구슬이 하는 것을 보면서 따라 했다.

"제 거 쓰세요. 맨손으로 타면 손등이
얼어서 다 터요."

구슬이 가방에서 장갑을 꺼내 푸른에게
건넸다.

"구슬 님은요?"

"저는 장갑이 두 개예요."

구슬이 가방에서 장갑 하나를 더
꺼냈다. 푸른에게 준 것은 새것 같았는데,
그 장갑은 오래 쓴 듯 바랬다. 둘 다 두툼한
겨울 장갑이었다. 푸른은 구슬이 준 장갑을
끼고 자전거에 탔다. 12월 말이라 바람이 꽤
매서웠지만 푸른은 왠지 들떠서 추위가 잘
안 느껴졌다. 시내에서는 푸른이 앞서가고
구슬이 뒤를 봐주었지만, 다리에서는 구슬이
앞서고 푸른이 구슬의 뒤를 따라갔다.
푸른은 구슬의 뒷모습을 보며 왠지 구슬에게
자전거를 선물하고 싶어졌다. 색깔과

모양새가 예쁘고, 안장이 편안한 자전거를.
'나라면 빨강 자전거를 사겠지만, 구슬 님은
하얀색이나 검은색 자전거를 타겠지.' 푸른은
구슬을 따라가며 그런 생각을 했다.

"안녕히 가세요."

역 앞까지 온 두 사람은 자전거를 세우고
인사했다. 먼저 안녕히 가시라고 인사를 한
것은 구슬이었다. '나도 인사를 해야 하는데.'
푸른은 왠지 입이 떨어지지 않아서 땅바닥을
쳐다보며 망설였다.

"저, 구슬 님. 혹시 제가 집까지
모셔다드리면 많이 불편하실까요?"

"아뇨, 불편하지 않아요. 그럼 자전거는
여기 세우고 가요. 저희 집 근처에는 보관소가
없어서요."

구슬의 집은 골목 안에 있었다. 골목을
걸으며 푸른은 무슨 말이라도 해야 한다고
생각했지만 지금 하기에는 적당하지 않은

무거운 질문들만 잔뜩 떠올랐다. 그날은 왜
말도 없이 떠났는지. 왜 다음 날부터 그렇게
싸늘해졌는지. 고백이 그렇게 부담스러웠던
건지. 그렇다면 오늘은 왜 데려다주는 것을
허락해줬는지. 여전히 자신이 불편한지.
그러나 아무것도 물을 수 없었다. 구슬을
불편하게 만드는 것도, 구슬과의 관계가
지금보다 더 나빠지는 것도 두려웠다.

"그런데 오늘은 왜 갑자기 집에
데려다준다고 하신 거예요?"

구슬이 불쑥 물었다. 집이 가까워졌을
때였다. 두 사람의 사이가 좋을 때 푸른은
여러 번 구슬의 집 앞까지 와봤다. 집에
들어가서 차를 마신 적도 있었다. 그날도
별일은 없었지만 두 사람은 따뜻한 대화를
나눴었다. 푸른은 그때가 아득하다고
생각했다가 그게 겨우 한 달 반 전에 있었던
일이라는 것을 깨닫고 놀랐다.

"특별한 이유가 있는 건 아닌데……."

푸른은 일단 말하고 나서 생각에 빠졌다. 일부러 뜸을 들인 것은 아니었다. 푸른은 자신이 왜 구슬을 데려다주겠다고 나선 것인지 스스로도 잘 몰랐다. 헤어지기 싫어서? 묻고 싶은 것이 많아서? 듣고 싶은 말이 있어서? 구슬과 무언가 풀 것이 있는 것 같았다. 푸른은 그러다 문득 깨달았다. 해결하지 못한 일이 하나 있다는 것을 말이다.

"아니, 특별한 이유가 있었네요."

푸른이 말했다.

"그게 뭔데요?"

"저 구슬 님한테 세레나데를 불러드려야 해요."

"제가 지금 잘못 들은 거 아니죠? 세레나데요?"

"네, 제대로 들으신 것 맞아요. 세레나데. 창가에서 사랑의 노래를 부르는 거요."

구슬은 푸른의 말을 어떻게 받아들여야 할지 모르겠다는 얼굴이었다. 웃어야 하나, 화를 내야 하나 헷갈려 보였다. 푸른은 그런 구슬의 얼굴을 보면서도 말을 거두지 않고 가방 안 파우치에서 황금 열쇠 카드를 꺼냈다. 그 카드를 뽑은 뒤 그것을 어떻게 해야 할지 몰라 일단 파우치에 계속 넣고 다녔다.

"그날 제가 잘못 본 게 아니었네요."

카드를 본 구슬이 말했다.

"뭘 보셨는데요?"

푸른은 영문을 몰라 되물었다. 구슬의 얼굴이 문득 차가워진 것 같았다.

"게임 판을 봤어요. 푸른 님이 아파서 댁으로 문병 갔던 날에요. 침대 위에 커다란 보드게임 판이 떠 있고, 푸른 님하고 똑같이 생긴 말도 있고, 말하는 새도 있었죠. 푸른 님이 주사위를 던지니까 폭죽이 터지면서 '고백하기'가 나왔고요. 전 그날부터 저한테 뭘 하자고 안 하시기에 이제 장난이 멈춘 줄 알았어요. 그런데 아니었네요. 지금 저를 가지고 무슨 장난을 치고 계신 거예요? 〈블랙미러〉에 나오는 것처럼 신기술로 만들어진 게임에 참여해서 큰돈을 걸고 내기라도 하고 계신 건가요? 아니면 새로 나오는 리얼리티 예능 프로그램이에요? 그 말하는 새는 뭐예요? 증강 현실로 만들어진 입체 영상? 아니면 말하도록 훈련이라도 시킨 특수한 새인가요?"

구슬이 쏟아내는 말에 푸른은 정신이 없었다.

"구슬 님, 상상력이 엄청나시네요."

푸른은 웃음이 나오려는 것을 꾹 참고 말했다.

"다 틀렸어요?"

구슬이 물었다. 푸른은 고개를 끄덕였다.

"저도 어떻게 된 건지 확실히는

모르겠는데, 신의 게임이래요. 뻐꾸기의
말로는요. 그 게임은 신들이 심심해서 인간을
가지고 놀려고 만든 게임인데 끝까지 하지
않으면 영원히 벗어날 수가 없다나 봐요.
저도, 뻐꾸기도, 구슬 님도요."

"영원히 벗어나지 못하면 어떻게 되는
건데요?"

"평생 어딘지 찜찜한 기분으로 살게
된답니다."

구슬은 푸른의 말을 듣고 문제가 풀린
듯한 개운한 표정을 지었다.

"아, 그래서 그런 거였구나. 정말
찜찜하더라고요. 뭔가 잊어버린 게 있는
것처럼. 지갑이나 휴대폰을 두고 나온 것 같은
기분이 들기도 하고, 중요한 문서를 저장 안
하고 끈 것 같기도 하고, 집에서 보일러를 안
끄고 나온 것 같기도 하고, 다리미를 켜고
나온 것 같기도 하고. 제가 원래 그렇지

않은데 어느 날부터 갑자기 그런 불안이
생겼어요. 생각해보니 그날쯤부터였네요."

　"그날쯤이라면?"

　"푸른 님이 저한테 고백하신 날요."

　푸른은 구슬의 말을 듣고 얼굴이
달아올랐다.

　"그걸 그렇게 직접적으로 말하시면."

　"맞잖아요. 제가 좋다고 고백하신 거."

　"맞긴 하죠. 그런데 그래서 제가
불편해지신 거 아니에요? 제 고백이
부담스러워서."

　"아니요. 그건 하나도 안 부담스러웠어요.
전혀 부담스럽지 않았어요, 푸른 님 고백."

　구슬이 딱 잘라 말했다.

　"그러면 그날 왜 그렇게 가신 거예요?"

　"생각해보세요. 푸른 님 방 문이 열려
있어서 무심코 안을 봤는데 뻐꾸기는 말하고
있고, 푸른 님은 주사위를 던지고, 침대

위에서 폭죽이 팡팡 터지고. 내가 모르는 이상한 게임이 펼쳐지고 있는데 푸른 님 같으면 거기 계시겠어요? 아무렇지 않게 방으로 들어가서 이게 다 뭐냐고 물어볼 수 있으시냐고요."

"못 물어봤겠죠. 너무 당황하고 놀라서 일단은 밖으로 나갔을 것 같아요."

"저도 그랬어요."

"그랬군요."

두 사람은 어색하게 골목에 서서 고개를 끄덕거렸다.

"제가 제대로 사과부터 드려야겠네요. 정말 죄송해요. 진즉 말씀을 드렸어야 했는데. 어떻게 이야기할지 모르겠어서. 아니, 이건 핑계고 사실은 게임 이야기를 하려면 제가 구슬 님을 좋아하는 것부터 얘기해야 하는데 그럴 용기가 안 났어요."

"그 게임이랑 푸른 님이 절 좋아하시는

거랑 무슨 관계가 있는 건데요? 전 아직 그
게임이 뭔지 이해를 못 했어요."

　　푸른은 길에 선 채로 게임에 관해 자신이
아는 것을 모두 이야기했다. 처음에 어떻게
게임에 휘말리게 된 건지, 뻐꾸기의 정체는
무엇인지, 게임 룰은 어떤 것인지, 게임의
지령으로 어떤 것들이 나왔었는지. 다
이야기하고 나니 마음이 훨씬 가벼워졌다.
푸른은 꼭 이야기해야 하는 것이 하나 더
남았다는 걸 느꼈다. 그것이야말로 가장
중요한 이야기였다.

　　"제가 하고 싶어서 시작한 게임은
아니었지만, 중반부터는 제 의지였어요.
지난번에도 말씀드렸지만 저는 겁이 많은
성격이에요. 특히 누군가를 좋아하면 그
사람에게 거부당할까 봐 겁부터 나서
다가가려고 노력하기는커녕 열심히
도망가요. 상처받고 싶지 않아서요. 그런데

게임을 시작하고 나니까 도망가는 게 불가능해졌어요. 어쩔 수 없이 앞으로 나아가야 했죠. 먼저 전화도 하고, 뭘 하자고 이것저것 제안도 하고요. 실은 연락드릴 때마다 거절당할까 봐 두려웠는데 구슬 님은 한 번도 거절하지 않으셨어요. 그리고 전 구슬 님하고 시간을 보내는 게 너무 즐겁고 행복했어요. 너무 행복해서 계속했던 거예요. 항상 도망쳤지만 이번에는 끝까지 가보고 싶어서요."

"그래서 고백하기 미션도 수행하신 거고요? 끝까지 가보고 싶어서."

구슬이 차갑게 말했다. 푸른은 그제야 구슬이 어떤 오해를 하고 있었는지 알 것 같았다.

"고백은 미션이 아니었어요. 믿으실지 모르겠지만 고백을 하고 나서 방에 들어가 주사위를 던졌는데 때마침 그 미션이 나온 거예요. 정말 우연이에요. 말하고 보니 믿기 힘드시겠네요. 믿지 않으신다고 해도 이해해요. 하지만 저는 확실히 말할 수 있어요. 미션 때문에 고백한 게 아니라, 진심이었어요. 그날 그 순간에는 구슬 님을 좋아하는 마음이 너무 커져서 갑자기 그런 말이 터져 나왔어요. 미션도 아니었고, 계획한 것도 아니었어요. 그냥 일이 그렇게 되어버린 거죠."

푸른의 이야기를 다 들은 구슬이 심각한 표정을 짓더니 잠시 후 미소를 지었다.

"어쩌면 신들이 장난을 친 걸지도 모르겠네요."

신들의 장난. 푸른은 구슬의 말뜻을 금세 알아들었다. 푸른이 구슬에게 고백한 직후에 일부러 '고백하기'가 나오도록 장난을 친 거라면? 그럴 수도 있었다. 충분히 그럴 수도 있겠다는 생각이 들었다. 그런 거지 같은 보드게임을 만든 자들이라면.

"그건 생각도 못 했어요. 구슬 님 말이 맞는 것 같아요."

"그럴 가능성이 있다는 거지 정말 그런지는 모르죠. 그럼 이제 끝까지 가볼까요?"

"네?"

"이번에는 끝까지 가보고 싶으시다면서요. 같이 끝까지 가봐요. 이게 어떻게 끝나는지 보고 싶네요. 이제 뭘 해야 해요? 어떻게 해야 게임이 끝나죠?"

푸른은 그 순간 구슬의 얼굴에 떠오른 무언가가 무엇인지는 모르겠지만 근사하다고 생각했다. 구슬에게 다시 한번 반해버린 것 같았다.

"아까도 말씀드렸다시피, 세레나데요. 제가 구슬 님 집 창가에서 노래를 불러드려도 될까요?"

"무슨 노래 부르실 건데요?"

"크리스마스니까 캐럴을 불러야죠."

푸른은 구슬에게 집으로 들어가 자신에게
전화를 걸어달라고 부탁했다. 구슬의 집은
오피스텔 3층에 있었다. 곧 창가에 구슬이
나타나더니 푸른의 휴대폰이 울렸다. 건물
밖에서 기다리던 푸른은 전화를 받았다.
구슬이 창문을 열었다.

"자, 이제 노래 불러보세요."

푸른은 휴대폰에 대고 나지막이
크리스마스 노래를 불렀다.

"전 크리스마스에 많은 것을 바라지
않아요. 제가 필요한 건 단 한 가지뿐이에요.
크리스마스트리 아래에 있는 선물 같은
건 신경도 안 써요. 그저 당신을 원해요.
당신이 생각하는 것 이상으로요. 제 소원을
이뤄주세요. 제가 크리스마스에 원하는 건
당신뿐이에요."•

노래를 다 불렀지만 아무 일도 일어나지 않았다. '뭔가 빠트린 게 있나? 캐럴은 세레나데로 안 치는 걸까?' 푸른은 그런 생각을 하면서도 구슬의 얼굴에서 눈을 뗄 수 없었다. 구슬은 방충망까지 열고 창문 밖으로 얼굴을 내밀고 있었다. 구슬의 볼이 붉었다. 얼굴에서 환히 빛이 나는 것 같았다. 푸른은 활짝 웃고 있는 구슬의 얼굴을 보다가 구슬이 손으로 얼굴을 닦아내는 것을 보고 그녀가 울고 있다는 것을 깨달았다. 푸른은 어쩐지 가슴이 뭉클해지고 목이 메어서 구슬을 바라보고 또 바라보았다. 구슬 역시 푸른만을 바라보고 있었다.

"박수! 박수를 쳐야지!"

뻐꾸기가 푸른의 머리 위에서 소리쳤다.

- 머라이어 케리의 노래 〈All I Want for Christmas Is You〉 가사 중 일부를 가져왔다.

아, 그거였구나. 푸른은 그제야 무엇을
빠트렸는지 깨달았다.

"카드. 황금 열쇠 카드를 다시
봐주실래요?"

푸른이 아직 통화 중 상태인 휴대폰에
대고 말했다. 구슬이 카드를 읽는 것이
보였다. 구슬은 카드를 보고 나서 푸른에게
이제 알겠다는 듯 고개를 끄덕였다. 전화가
끊어졌다. 구슬이 창밖으로 손을 내밀어
박수를 쳤다. 차가운 공기로 가득 찬 공중에서
한 사람의 박수 소리가 선명하게 울렸다.
한 사람이 치는 박수여서 큰 소리가 나지도
않았고, 어딘지 생뚱맞기도 했다. 구슬은
어색하기도 하고 이 상황이 우습기도 하다는
듯 웃었다. 그 모습을 보고 푸른도 웃음이
터졌다. 구슬과 푸른은 마주 보며 키득거렸다.

그 순간 공중에 보드게임 판이 떠올랐다.
산산조각 나 있던 지구가 빙글빙글 돌며

형태를 갖추더니 두 개의 조각을 이루고 그 사이에서 장미로 장식된 아치가 튀어나왔다. 그리고 아치 아래로 두 개의 카펫이 펼쳐졌다. 하나는 검은색 카펫이었고, 하나는 빨간색 카펫이었다.

푸른은 고개를 들고 두 개의 카펫을 보다가 하늘을 날고 있는 뻐꾸기를 발견하고 손을 흔들었다. 뻐꾸기는 푸른을 향해 날아왔다. 푸른은 팔을 들어서 뻐꾸기가 자신의 팔에 앉도록 했다.

"어휴, 겨우 시간 맞춰 왔네. 이런 중요한 일이 있으면 나한테 바로 연락을 했어야지. 다른 새들이 알려줬으니 망정이지 아니면 좋은 기회 놓칠 뻔했어."

푸른이 고생했다는 말을 하려 하자 뻐꾸기가 날개를 휘휘 저었다.

"지금 그런 말 하면서 시간 때울 때가 아니야. 자, 봐. 저기 위에. 검은 카펫 끝에는

검은색 칸이 있고, 빨간 카펫 끝에는 빨간색
칸이 있는 거 보이지? 주사위를 던져서
짝수가 나오면 검은 카펫으로 가는 거고,
홀수가 나오면 빨간 카펫으로 가는 거야.
검은 카펫은 배드엔딩, 빨간 카펫은 해피엔딩.
알아들었으면 어서 주사위를 던져!"

　푸른은 어느새 자신의 손안에 들어와
있는 주사위 두 개를 봤다. '내가 할 수
있을까?' 주사위 홀짝으로 배드엔딩과
해피엔딩이 결정된다니 해도 너무한다
싶었지만 지금은 다른 방법이 없었다. 그러나
두려움에 선뜻 주사위를 던질 수 없었다.

　"그거 제가 던지면 안 되는 거예요?"

　구슬의 목소리가 차가운 겨울 공기를
가르며 울렸다. 3층에서 뛰어 내려온 것인지
가볍게 숨을 헐떡이고 있었다.

　"안타깝지만 주사위는 본인만 던질
수 있어서. 구슬 님이 던진다 해도 홀수가

나오리라는 보장이 없잖아요."

뻐꾸기가 구슬을 향해 말했다.

"저 사실은 제가 원하는 대로 주사위
숫자가 나오게 할 수 있어요."

푸른은 구슬의 말이 무슨 뜻인지 몰라
"그게 무슨" 하고 말을 흐렸다. 구슬이 숨을
몰아쉬고 말을 이었다.

"어떻게 그럴 수 있는 건지는 저도
모르겠는데, 어릴 때부터 그랬어요. 주사위를
던질 때 집중해서 어떤 숫자가 나왔으면
좋겠다고 생각하면 그 숫자가 나와요. 이게
초능력인지 암시 효과인지 뭔지는 모르겠지만
하여튼 한 번도 틀린 적 없어요. 제가 던질
수만 있으면 우리는 해피엔딩이에요!"

그 순간 푸른의 머릿속에 어떤 생각이
하나 스쳤다. 하지만 그건 나중에 물어보기로
했다. 푸른은 파우치에 있던 다른 카드 하나를
더 꺼내 구슬에게 내밀었다. 게임을 하며 첫

번째로 뽑았던 황금 열쇠 카드였다. 다른 사람이 주사위를 대신 던질 수 있는 찬스 카드. 구슬은 카드를 받고 표정이 밝아졌다.

"그 카드 쓸게요."

푸른이 말하자 주사위가 구슬에게로 날아갔다. 구슬은 두 개의 주사위를 받아 위로 가볍게 던졌다. 푸른과 구슬, 뻐꾸기는 잔뜩 긴장해서 바닥으로 떨어진 주사위 두 개를 봤다. 3과 4. 7, 홀수였다.

푸른을 똑 닮은 말이 빨간 카펫 위에 나타나더니 빨간색 칸까지 걸어갔다. 칸이 뒤집히며 지령이 나왔다. '키스하기.' 푸른은 당황해서 구슬을 바라보았다.

"미션 수행 안 해요?"

"해도 될까요?"

"끝까지 가야죠."

푸른은 구슬의 말이 끝나자마자 그녀에게 다가가 입을 맞췄다. 그 순간 두 조각 나 있던

지구는 완벽하게 합쳐졌고, 두 사람과 한
마리의 뻐꾸기는 지독한 사랑의 보드게임에서
탈출했다.

"혹시 보드게임 담당 뽑는 주사위 던지기
했을 때도 구슬 님이 원하는 숫자가 나오게
하셨던 거예요?"

몇 번의 입맞춤 후에 푸른이 구슬에게
물었다.

"네, 푸른 님이 절 좋아하신 것보다 제가
먼저 푸른 님을 좋아했거든요."

"말도 안 돼. 언제부터요?"

"푸른 님을 처음 본 순간부터요."

"그럼 저보다 더 먼저 좋아하신 건
아니네요. 저도 구슬 님을 처음 본 순간부터
반했거든요."

"영광이네요."

"저도 영광이에요."

공중에 떠 있던 보드게임은 하늘 높이

올라갔다. 신들이 게임 판을 거두어 간 것
같았다. 또 누가 사랑의 보드게임에 휘말리게
될까? 푸른은 게임 판이 저 멀리 날아가
사라지는 것을 보며 생각했다.

"넌 안 가?"

푸른이 뻐꾸기에게 물었다.

"어딜 가?"

뻐꾸기는 무슨 소리인지 전혀 모르겠다는
듯 되물었다.

"너도 이제 마법에서 풀려나 자유가 된 거
아냐? 네가 가고 싶은 곳으로 날아가야지."

"당장 어디로 가. 가긴 갈 건데 거처를
구할 때까지만 좀 더 신세를 지도록 할게.
당연히 그래도 되겠지?"

"글쎄, 생각 좀 해보고."

푸른과 구슬은 서로 마주 보고 씩 웃었다.
뻐꾸기는 눈치 빠르게 날개를 펴고 날아갔다.

"추운데 일단 집으로 갈까요?"

"저희 집으로요? 아니면 구슬 님
집으로요?"

"푸른 님 집으로 가요. 같이 자전거 타고
싶어요."

두 사람은 역 앞으로 돌아가서 자전거를
대여했다. 푸른은 자전거를 타는 것이
지금만큼 신났던 적이 없었다. "내일 저랑
자전거 사러 가실래요?" 푸른은 구슬과
나란히 달리며 물었다. 둘 다 서로에게
속도를 맞추느라 천천히 가고 있었다. "네,
좋아요." 구슬이 활짝 웃는 얼굴로 대답했다.
푸른도 활짝 웃었다. 올해 크리스마스 선물로
구슬에게 자전거를 선물해줄 수 있다고
생각하니 마음이 벅차올랐다.

한편, 구슬은 푸른이 손에 낀 장갑을 보며
슬쩍 미소 지었다. 찬바람이 불기 시작했을
때 푸른에게 주고 싶어서 사놓고 건네주지
못했던 물건이었다. 드디어 장갑이 제자리를

찾았다. 지금 두 사람의 기분도 그랬다.

'이제야 비로소 내가 있어야 할 자리에 있는 것 같아.' 동시에 같은 생각을 하고 있었다는 것을 두 사람은 나중에 알게 된다. 푸른과 구슬은 신기해하며 이렇게 말할 것이다. 우리는 역시 운명이라고. 이런 게 바로 사랑의 기적이 아니겠느냐고.

작가의 말

아주 어릴 때부터 로맨틱한 이야기를 좋아했다.

10대 때는 할리우드 로맨스 영화에 푹 빠졌다.

〈유브 갓 메일〉〈시애틀의 잠 못 이루는 밤〉〈해리가 샐리를 만났을 때〉〈노팅 힐〉〈내 남자친구의 결혼식〉 등등.

한국 멜로 드라마와 다른 나라의 드라마도 많이 봤다.

그러나 그 모든 영화와 드라마 중에서 진심으로 나를 이입할 수 있는 이야기는 없었다.

내가 좋아했던 영화와 드라마의 주인공은 모두 '남과 여'였기 때문이다.

나는 왕자와 사랑에 빠지는 것을 꿈꿔본 적이 없다.

내가 사랑에 빠졌던 것은 로맨스 속의 여주인공들이었던 것 같다.

사랑스럽고, 용감하고, 포기하지 않는 인물들 말이다.

《블루마블》을 쓰던 중 푸른이 "저는 그것보다는 내가 원하는 것을 꿈꾸고, 그 꿈이 현실이 될 수 있도록 노력하는 쪽이 훨씬 더 좋아요"라고 말한 순간, 나는 바로 그 대사가 내가 이 소설을 쓰는 이유라는 것을 깨달았다.

오랫동안 나는 '나'를 이입할 수 있는 로맨스, '남과 여'가 주인공이 아닌 로맨스가 세상에 훨씬 더 많아지기를 바라왔다.

그러나 앉아서 기다릴 수만은 없다. 나는 제자리에서 꿈꾸는 것보다 내가 꿈꾸는 것이 무엇인지 세상에 말하는 것을 좋아하는 사람이다.

《블루마블》은 내가 만든 이야기지만, 나는 세상에 푸른과 구슬 같은 멋지고 귀여운 커플들이 실제로 존재하며, 서로 사랑하고, 더 나아가 세상을 사랑하려고 노력하며 살고 있다는 것을 안다. 상상하는 능력, 사랑하는 능력은 초능력과 같다. 모르는 사람들로 가득 찬 세상을 사랑하는 능력을 가진 초능력자들을 존경하고 응원하는 마음으로 이 소설을 썼다. 당신들이 이 세상이 망하지 않도록 떠받치고 있다고 진심으로 믿는다.

멋진 기획을 제안해주시고, 원고를 소중하게 받아주신 스토리독자팀과 "블루마블

영원하라"라는 메시지를 보내주셨다는
팀원분들, 그 외 이 책을 위해 힘 보태주신
위즈덤하우스의 여러 분들, 그린북
에이전시에 감사드린다. 퀴어문학커뮤니티
'큐연'의 멤버들에게도 감사하다.
《블루마블》은 1년간 '큐연'에서 배운 것들
덕분에 쓸 수 있었던 소설이다. 이 소설을
쓰는 동안 힘과 용기, 지혜를 불어넣어주신
서주희 님, 그리고 이 이야기를 읽어주실
독자들께 특별히 무한한 감사를 전하고 싶다.

2023년 3월

이종산

- 06

블루마블

초판 1쇄 인쇄 2023년 3월 24일
초판 1쇄 발행 2023년 4월 12일

지은이 이종산
펴낸이 이승현

출판2 본부장 박태근
스토리 독자 팀장 김소연
편집 강소영 곽선희 김해지 이은정 조은혜
디자인 이세호

펴낸곳 ㈜위즈덤하우스 **출판등록** 2000년 5월 23일 제13-1071호
주소 서울특별시 마포구 양화로 19 합정오피스빌딩 17층
전화 02) 2179-5600 **홈페이지** www.wisdomhouse.co.kr

ⓒ 이종산, 2023

ISBN 979-11-6812-706-7 04810
     979-11-6812-700-5 (세트)

값 13,000원